人生何处不绽放

潘习龙　著

中国人民大学出版社

·北京·

自 序

做自己的神

朋友，请不要相信神话，你心中的神话都是像你这样的凡人创造的。所有的“神话”都因你的懦弱而神化。世界上没有神话，只有神人。别人不愿做的，你做了；别人不敢做的，你做到了；别人不屑于做的，你做出了惊喜。你就是神人！

永远不要用现状去判断未来，不要用黑暗去看待光明。否则，你配不上你曾经拥有的野心，辜负了你曾经的苦难与磨炼。早晨面对冉冉升起的朝阳，默诵心中的梦想，然后再投入紧张忙碌的工作学习之中……你会惊奇地发现太阳给了你无限的潜能！

世界上永远没有不可能的事情。只要你能想到的，就是有可能实现的。因为纪录是用来打破的，前人是用来超越的。谁也猜不出自己十年之后的境遇，十年之后的境遇取决于你今天的行为。永远没有山穷水尽，只要往前跨一步，迎接你的就是峰回路转。

偶像剧看多了，“神”也泛滥了。当下年轻人开口闭口就是“男神”“女神”，或许因迷人的外表、时尚的发型、华丽的服饰，就误以为他（她）是你的神。这是幻觉中的神，是昙花一现的神，充其量具备了神的外表，但缺少了神的内涵。这种神甚至还抵不过庙里的泥菩萨，因为泥菩萨被凡人赋予了精神、赋予了内涵、赋予了传说。

替自己做主，做自己的神。

潘习龙

目　录

【第一篇】

生活之门

母亲的三句话

看到这个题目，你或许以为我母亲说出了什么惊天动地的至理名言，你或许以为我母亲是什么了不起的大人物。不是，完全不是。我母亲只是一位普通的农村妇女，没进过学堂门的文盲。多年之后，回想母亲曾对我说过的话，突然发现每句话都是我生命中的一盏明灯。尽管当时她说这些话的时候，我曾那么不屑一顾，甚至认为只是母亲的愚昧。

“我一辈子就是喜欢与别人逞英雄。每次挑谷担子时，我把远处的一簇小花当作目标，再累也要咬紧牙关，冲向目标。快走到小花时，我赶紧把更远处的一棵小草设为新目标。假如事先不设定新目标，我肯定在小花旁就累倒了，因为有了更远的目标，我才重新打起了精神。”后来学管理学，我知道管理大师早已阐述了激励员工的目标设置理论。只是母亲的“小花小草理论”比课本上的理论生动得多。每当我有骄傲自满念头的时候，每当有人劝我知足常乐的时候，我就想起更远处的一棵小草等着我。总之，小花前面是小草，小草前面又有小花……风景永远在远处。

“写这么多医学书，没几个人看得懂啊！你还不如写一些大家都能读懂的书。”有一天，大字不识的母亲拿着我的书感慨道。我当场反驳母亲，认为知识达到一定高度之后就应该曲高和寡。母亲并不与我争辩，她深知她的话在我心中的分量。在随后一个月的时间里，我脑海里每天都回想着母亲的这句话。如何由小众变成大众呢？我开始尝试写文学作品，让更多的人从我的作品中受益。我试着写了两篇散文投稿，文章很快被刊登出来。随后，我在文学之路上一发而不可收拾，从一篇篇文章到一部部散文集、小说集……遵循母亲“大众理论”的要求，我在作品中尽量少用生僻字和深奥的典故。经过几年的创作之后，我逐渐觉得我最大的天赋是写作，人生最大的快乐是写作。我甚至自恋地认为，这辈子就是为写作而生的。埋藏在我大脑中的文学富矿，被母亲的一句话开采出来了。我不明白为什么那么多医生会弃医从文，是医生都有一个这样的母亲，抑或医生对生命思考之后不得不用文学来表达？母亲的很多话乍听起来让人不舒服，但很有嚼劲，在不断反刍咀嚼之中，获取精神食粮，变成终生营养。

“人活一辈子，就像站在酒店的走廊上，你不努力推门找房间，就会变成流浪汉。如果觉得房间冷又懒得推第二扇门，找一件棉大衣，把自己裹在里面，就会冻一辈子。”我们随机看看，身边有多少人碌碌无为，在酒店的走廊上虚度年华；有多少人怨声载道，抱怨命运不公，为什么他们不去推开第二扇门呢？在母亲的“推门理论”的鼓舞下，我学过中医，又学西医，35 岁之后改学管理，40 岁开始文学创作。当我推开第四扇门的时候，我惊奇地发现这才是我的归宿。每次改行时总有人批评我：“专业思想不强，浮躁的人将一事无成！”我对批评者报以友善的一笑，他们哪里理解我啊！他们哪里知道我家里有一位激励我战无不胜的文盲母亲呢？后来，我对“推门理论”进行了发展：人生的最高境界不是推门找宜居的房间，而是想看看房间的风景。人在旅途，我们需要欣赏多姿多彩的风景。

母亲，用乳汁哺育了我，用最简单的道理教育我。“小花小草理论”解决了生命中的长度问题，“大众理论”解决了生命中的宽度问题，“推门理论”解决了生命的价值问题。“三大理论”几乎成了我生命中的终极哲学，解决了我来到这个世界上的所有困惑。当母亲知道我把她随口说出的话总结成“理论”时，着实吓了一跳，甚至有些诚惶诚恐，因为母亲根本不知道世界上有“理论”两个字。所谓“三大理论”，或许只是儿子对母亲的过度解读？

——作为子女，母亲的话是需要过度解读的。

不遗余力地绽放

“秋丛绕舍似陶家，遍绕篱边日渐斜。不是花中偏爱菊，此花开尽更无花。”菊花的君子之气，被唐代诗人元稹描绘到了极致。

在一个忙里偷闲的日子里，我参加了一次菊花展。漫步在菊花丛中，端详一簇簇菊花，花瓣向四周伸展着，片片婀娜挺拔，娇艳中暗藏铮铮傲骨。娇小玲珑的嫩芽簇拥在花心处，堆砌出黄金般的颜色。再看看整朵花，只觉得它要把花心吐露，以朝阳般的气势喷薄而出，绽放它的美丽。我被这种不遗余力的绽放所感动：花期如惊鸿，转瞬即逝去。它们绽放这种瞬间的美丽，留给人类美的神韵，这就是菊花的价值。

大自然的绽放之美无处不在。摇曳在翠绿的枝头，悬挂在柔嫩的草尖，游荡在深山幽谷，闪烁在浩渺的海滩……这般洒脱的绽放，安抚了我们紧张的神经，强大了我们脆弱的心灵，提高了我们生命的意境。可惜的是，很多人置身于这种美景之中，却对这种不遗余力的绽放熟视无睹。

生命原本属于绽放。在奥运“百米飞人”的跑道上，短短几秒钟，却成了田径场上夺目的焦点，多少人千里迢迢赶赴体育场，就是为了感受飞人瞬间爆发的激情。从起跑到发力，从挺起胸膛到张开双臂，激情的绽放吸引了多少观众的目光。多少短跑选手花上几年、十几年的时间去苦练，就是为了向世人展示这几秒钟的绽放，自己也在绽放之中享受到生命的价值与成功的喜悦。

未经绽放的夭折是可悲的。有一幅名为《挖井》的漫画：一个人埋头挖井，他挖了或深或浅的五口井，但都没有找到水源。而事实上有些井离水源只有咫尺之遥，只是挖井人在关键的时候懈怠了、放弃了。挖井人徒劳无功并不可怕，可怕的是他得出了一个错误的结论：此处无水！

在现实生活中，要做到不遗余力地绽放绝非易事。或因忽视，或因骄傲，或因泄气，我们总是在应当全力以赴的刹那，习惯性地懈怠一下。对待父母懈怠一下，忽视了青丝变白发，留下了“子欲养而亲不待”的遗憾；对待爱人懈怠一下，很多需要表达的感情，常常因为“懒得说”变成了“没必要”，慢慢地，夫妻之间只剩下柴少米贵之类的共同语言；对待工作懈怠一下，做到六分就想歇歇脚，歇下脚就再也提不起神，最后只能以“残缺美”而草草收场，最终不了了之；对待生活懈怠一下，几十年的光景飞逝而过，80高龄时才发现自己已风烛残年，韶光不再，只留下无限的惆怅与悔恨。

有一位司机，驾龄也不短了，但开车时总是大错不犯，小错不断。我问他为什么会这样，他坦然地回答：“开车就是一份磕磕碰碰的活儿，出现一点剐伤是很正常的事情。”我一直认为他说的是对的。等我自己拿到驾照之后才发现他的观点是多么愚昧、多么自欺欺人啊！完全是工作不投入的借口。一位安全驾车几十年的老司机告诉我：“开车永远没有师父，一秒钟的疏忽足以毁掉一辈子的荣耀。当你实在没有把握的时候，朝后视镜多看几眼，甚至下车检查一下路况。”投入的态度不同，收获的绽放自然不一样。

像菊花一样，竭尽全力地绽放。每天达到自己当日人生的制高点，你会发现生活原本如此绚丽，阳光总能照进心里的每个角落，迎接我们的是彻头彻尾的充实与快乐，带着满足的笑容安然入睡，如此踏实、如此坦荡！

让我们重温曾经影响过几代人，而渐渐被人遗忘了的一句名言：“人最宝贵的东西是生命，生命对人来说只有一次。人的一生应当这样度过：当他回首往事的时候，不因虚度年华而悔恨，也不因碌碌无为而羞愧……”

当你意志消沉的时候，当你蹉跎岁月的时候，当你怨天尤人的时候，想想那不遗余力绽放的菊花吧！

没有人输在起跑线上

“不要输在起跑线上”，这句话俨然成了中国家长教育子女的至理名言。在神州大地上，随处可见培训机构的宣传广告：音乐、舞蹈、奥数、英语、写作、围棋、篮球、武术、跆拳道……只有你想不到的，没有它们办不到的。家长似乎希望子女成为无所不能的超人，让子女完成自己没有实现的梦想。

有家长认为自己过去学习条件差，以致没能取得大成就。他们希望子女不要再重复他们的人生轨迹，跑出精彩的下一棒。有家长在孩子面前赌咒发誓：“你真是生逢其时啊！如果你爷爷当时给我这么好的条件，我一定会成为大学者！”他们把自己的平庸归结为生不逢时，既聊以自慰，也找到一点做家长的尊严。他们从来不去想也不敢去想：他们的同龄人面对同样恶劣的条件，为什么依然取得了巨大的成就呢？

有家长把业余时间都花在陪孩子上五花八门的课外辅导班上。有些小孩周末要上五六个培训班，从早上八点到晚上十点，从一个培训点奔向另一个培训点。当孩子上课时，家长们在外面拿报纸消磨时光。

实在无聊时，报纸上的广告他们也要看上三五遍。我问他们为什么不看看专业书。他们感叹：30多岁了，早就定型了，还看什么专业书？就这么闭着眼睛糊弄一辈子吧！

某位女研究生刚走上工作岗位，就感觉自己船到码头车到站。上班搞搞关系，玩玩微信，看看新闻，从此进入人生的垃圾时段。她连男朋友还没有找到，就开始寻找做贤妻良母的那种感觉：做手工、做缝纫、绣鸳鸯……每晚的韩剧成了人生的必修课，从电视剧中学会张家长李家短，学会勾心斗角，学会对付未来的婆婆。

世界上没有谁会输在起跑线上，都是输在了后来的坚持过程之中。只要你迈开双脚，进步立竿见影。你每前进一步，就离成功靠近了一步。成功没有固定的终点，只要你努力拼搏了，那就是属于你的辉煌。

我不想重复马克思五十多岁学英语的洋人故事，不想重复“苏老泉，二十七，始发奋，读书籍”的古人故事。无数普通人的成功故事，足以给更多普通人启迪。一位中专毕业生，自修专科本科，又攻读硕士博士，最后成了著名学者。一位护士因年龄偏大退居二线，她没有享受退休后的清闲，而是利用业余时间读文学作品，写一些随笔和小说。十多年来，她已经发表了几百篇文章，很多文章被《读者》、《青年文摘》等刊物转载，其中有一篇还被选入了中学语文课本……赢在起跑线上的人，未必是终点的胜利者。每年被媒体炒作得大红大紫的高考状元又有几人能真正成为某领域的“状元”呢？

人生的起点踩在脚下，人生的终点是殡仪馆。在抵达终点之前，每个人无时无刻都有机会创造奇迹，活出精彩。

一万小时定律

据说，专业围棋选手与业余棋手对弈，前二十步棋没有太大的区别，差距是在不断的推进过程中慢慢拉开的。高手之间对弈更是在打劫收关的细微之处产生了一子半目的差距。

世间最容易做的是一锤子买卖，最难做的是一辈子的坚持。“不积跬步，无以至千里；不积小流，无以成江海。”在讴歌海洋浩瀚的时候，人们往往忽视了其源头的涓涓细流。有人在通往成功的途中选择了放弃，是因为他们把坚持的过程等同于寂寞与枯燥，体会不到坚持给生活带来的充实与快乐。

古希腊大哲学家苏格拉底曾经让学生做一个简单的健身动作，把胳膊尽量向上举，然后再尽量往后甩，每人每天做 300 次。这种动作被认为是操作简单、效果明显的健身运动，同学纷纷表示一定要坚持做这项运动。过了一个月，苏格拉底问学生：有多少人坚持在做甩手的健身运动？90％的同学都自豪地举手了。三个月之后，苏格拉底又问了同样的问题，80％的学生举手了。从此以后，苏格拉底再也没有提起这件事了，大家也渐渐淡忘了。一年之后，苏格拉底再问学生时，教室里鸦雀无声。环顾四周，只有一位同学举起了手。这位学生就是后来继承苏格拉底衣钵的大哲学家柏拉图。举手之劳原来如此之难！

在人生的旅途上，我们可能要在黑暗中摸索很长的时间才能见到一点点亮光。前行的步履总是沉重蹒跚，虔诚的信仰会被世俗的迷雾缠绕。为什么我们不能以勇敢者的气魄，坚定地对自己说一声坚持呢？

古之成大事者，不唯有超世之才，亦必有坚忍不拔之志。在坚持的道路上，不一定有鲜花与美酒，但一定有寂寞与荆棘，关键比拼的是谁的耐力能够扛到峰回路转的那一刻。当别人奉劝我们放弃时，当别人质疑我们的能力时，当别人冷嘲热讽时，懦弱的人被淹没在世俗的眼光之中，只有眼中有一盏希望的明灯的人，才会义无反顾地朝自己的目标前行。

成功者更需要坚持，只有这样我们才能取得更辉煌的成就。法国作家拉罗什夫科说："取得成就时的坚持不懈，比遭到失败时的顽强不屈更重要，而且更难做到。"成功者容易被眼前的小胜利冲昏头脑，迷失方向，失去了取得更大成功的眼界和持续的动力，甚至让前期的胜利果实付之东流。明朝末年，农民起义军首领闯王李自成攻占了北京，崇祯皇帝在景山自缢，但李自成却以失败告终。有人认为他错用牛金星、误杀李岩；有人认为吴三桂做人不地道……这些只是表象，真正的原因是闯王失去了闯劲，停止了一路向北的步伐。

世界上有没有少付出多收获的捷径呢？在信息足够的情况下，从A点到达B点，我们总是可以找到最佳路线，选择最快的交通工具。我们掌握了这些捷径的确能收到事半功倍的效果。但捷径毕竟有限，世界上永远没有不劳而获的好事。正如母亲生孩子，从十月怀胎到一朝分娩，没有什么捷径，你想催生，就是早产。每个阶段都是无法省略的。学习知识是一个漫长的过程，这个过程需要一步步脚踏实地实现。现代网络让很多人变得眼高手低，说起来什么都会，做起来什么都不会。

美国作家马尔科姆·格拉德威尔写过《异类》(*Outliers*) 这本书，书中阐述的核心观念是“一万小时定律”：一个人不管做什么事情，只要专心致志地坚持一万小时以上，他就会成为这个领域的专家。少年创业的比尔·盖茨也并非天才，他在开办公司之前已经接触计算机编程一万小时。

一名学生在中学时期非常努力地学习英语，但她在班上的英语成绩还是很差，她断定自己没有语言天赋，对学习英语已经绝望了。后因工作需要，她不得不与英语打交道，开始花更多的时间学英语。几年后，单位安排一位外国朋友来单位做演讲，她惊奇地发现自己不但能听懂英语，而且听得那么真切，理解得那么透彻。这简直就是一个奇迹，根据她的测算，这种奇迹也是出现在她持之以恒学习一万小时之后。有一名医生认为，医学是实践性很强的学科，一万小时不可能成为专家。我回答他，一万小时没有成为专家，只说明一个问题：你还不够专心致志。

专心致志地坚持一万小时，等待生命中的奇迹吧！

蜜罐子

小时候，爷爷喜欢忆苦思甜，讲他过去如何受苦，如何缺衣少食。我不爱听这些老生常谈的故事，幼小的心灵扛不起岁月的沉重。每当这个时候，我就赶紧找个借口跑掉了。爷爷只好抓住爸爸大吐苦水："我是在黄连罐子里泡大的，你是在蜜罐子中长大的，你一定要好好珍惜啊！"爸爸比我老实得多，他坐在那儿一个劲儿点头，鼻子里仿佛闻到了蜂蜜的气味，耳朵里响起了蜜蜂嗡嗡的叫声。

爷爷去世之后，爸爸终于登上了咱们家忆苦思甜大讲堂的讲台。爸爸的蜜罐子终于熬成了黄连罐子——黄连罐子成了家族身份的象征。爸爸的演讲水平远在爷爷之上，绘声绘色地告诉我，爷爷穿过的一件棉袄传给他，他穿过之后传给大叔，大叔穿过之后传给大姑，大姑穿过之后传给二叔，二叔穿过之后传给二姑……足足穿了几十年！我有些不耐烦了，爸爸以为我不相信，赶紧拉过叔叔、姑姑作证。叔叔、姑姑都是爸爸的同党，不假思索地表示爸爸的说法铁证如山。二姑说，那件飘着棉絮的棉袄正放在她家阁楼上。我问能不能把破棉袄找出来送给我？二姑露出了一脸的不屑，认为我这个书呆子太较真了，这个年头还到哪里去找啊？我真想把破棉袄带回北京，等到我将来登上忆苦思甜大讲堂的最高宝座时，也好拿出来作为教育女儿的道具——我眼巴巴地盯着那只黄连罐子。

我赶紧从老家逃走，从父辈的目光和追忆中逃走，乘和谐号火车从武汉返回北京。刚刚入座，对面一位七八十岁的老太太主动找我搭讪："小伙子，你是干什么工作的？"我都40多岁了，哪有这么老的小伙子啊？这是一种居高临下的问话。我淡淡地敷衍道："在高校当老师。"不经意的一句话撬开了老太太的话匣子，老太太激动地摇着我的肩说："咱们是同行啊！我曾是武汉大学的教授，当时的教学条件太差了，是你们这代教师无法想象的差！我们每天吃红薯也无法填饱肚子，教师宿舍里冬天没有暖气或空调，你敢想象吗？甚至连热水袋都没有，你敢想象吗？我到医院找了个盐水瓶，灌热水取暖。有一天我的瓶子里结了冰，一个星期也没有融化掉。我们当时待遇很低，教授的工资是43块5毛6分钱，不像你们现在这么高的待遇！"我赶紧恭维老前辈："当时教授的地位一定很高吧？"老教授听到这句话，苦瓜脸上马上洋溢出一道亮光，好像一根镀金的苦瓜。老教授的嗓门提高了20度，明显是想吸引旁边几个玩游戏的小青年过来听讲："那当然，那时工人阶级红上了天，但一个二级工的工资只有34块5毛6分钱，我比他多了整整十块钱！"看来这位老教授真的老了，这么简单的减法运算都没法完成。

我的上眼皮和下眼皮不停地打架，但我不能闭眼，只能咬紧牙顶着，眯着眼挺着，因为老教授直勾勾地盯着我。每当老教授说上十来句，我就出于礼貌回应一句。我艰难地支撑了六小时，老教授除中途小盹一会儿之外，足足讲了五个多小时。下火车时，老教授让我留下手机号码，我迟疑了一下，但老教授的热情让我没法拒绝。我无奈地留下了号码——在心中祈求老前辈忘掉我的号码，我害怕她用电话煲黄连汤。

走下火车，我直奔学校给学生讲课。课间，一位研究生对我说："老师，您太幸福了，有房有车，有北京户口，我们什么都没有，我们这一代活得太惨了!"看到这位研究生一副苦不堪言的表情，我安慰道："社会是进步的，你要相信下一代一定会比上一代过得更好。"学生连忙摇头："绝对不会，社会资源已经被你们这代人占有了，我们不会有戏了。"听到这句话，我突然觉得像是我自己抢了别人的蜜罐子，有点做强盗的感觉。

晚上回到家，我问女儿："这么晚了还在做作业，不困吗?"女儿回答："有压力就不会犯困。您什么压力都没有，自然一到晚上十点钟就开始犯困。爸爸您太幸福了!"我无言以对。

当我幻想何时蜜罐子熬成黄连罐子的时候，下一代已经抢班夺权了。他们已经从我的父辈手中劫走了那个象征身份的黄连罐子。我真的好知足。在这个世界上，我是最幸福的人，一辈子捧蜜罐子过着甜蜜的生活。

活着，就要有一种精神

什么叫精神？字典上的解释是“人的意识、思维活动和心理状态”。我个人对精神的理解是：物质之上的一种意境，现实之外的一点浪漫，表面之下的一颗内心，困难之中的一份乐观。

我完全相信，你曾经历吃亏不讨好的尴尬，好心没好报的委屈，你甚至遭受热心助人反被讹诈的伤痛。冰冷的现实浇凉了一颗火热的心。你发出感叹：40 岁之前不讲精神就是白痴，40 岁之后再讲精神就是傻瓜。你似乎看破红尘，儿时美好的信念荡然无存，剩下的只有平庸与市侩。

一个人活一辈子，需要坚守自己做人的基本精神。哪些方面能体现做人的精神呢？

见义勇为是做人的精神。一个年轻人路过一栋居民楼，他看到楼上的阳台起火了。他自告奋勇，冒险从管道爬上去，扑灭了火苗，制止了一场火灾的发生。警察带他到派出所做笔录，在找到目击证人之后他才被释放。你如果经历了这件事，还敢越墙而入吗？对我来说，答案是肯定的，尽管遭受了一次误解，但制止了一场火灾的发生，这就是价值。当全国人民一起讨论该不该扶起跌倒的老人时，这是一个民族的悲哀。

正义是做人的精神。我在我家附近看到一个流浪汉背着三大袋子空塑料瓶子吃力地行走，只见他衣不蔽体，步履蹒跚。我赶紧告诉他，前面拐弯处就有收废品的。他说他去过了，别人的一个塑料瓶都是卖一毛两分钱，但他的瓶子只能卖一毛钱，所以没有卖。收废品的少给流浪汉两分钱，并不是为了多赚两分钱，他寻找的是两分钱的快感。我也知道塑料瓶是一毛两分钱一个。我问收废品的老汉，为什么收流浪汉的瓶子只能出一毛钱？老汉说，他连澡都不洗，连裤子都不穿，所以只能按一毛钱来收。我说，那我帮他卖吧！你还是按照一毛两分钱的价格收过去。收废品的老汉装出一副很无奈的样子，收下了瓶子。老汉也是社会的底层，常常被城管追打得东躲西藏。今天好容易碰到一个条件比他还要差的倒霉蛋，他要抓到手上好好地掐一把，他寻找的是两分钱的快感。

关心他人是做人的精神。山西王家岭 100 多名矿工被困井下八天八夜终于获救。他们如何在井下度过如此漫长而又绝望的时间呢？矿工们自发编成几个小组，每人每天必须编一个故事，描述被救出去的情景。大伙自发给年轻人做思想工作，为年长的人添衣取暖。生命通道打通之后，出井顺序井井有条，年老体弱的先上去，组长留在最后出井。这个故事令我感慨：为什么在生命最后一刻才见到做人的精神，而平常生活工作中却难得一见呢？一位美国牧师写过一首小诗：

> 当纳粹来抓犹太人的时候，我没有站出来说话，
> 因为我不是犹太人；

当纳粹来抓共产党员的时候，我没有站出来说话，
因为我不是共产党员；
当纳粹来抓工会组织的时候，我没有站出来说话，
因为我不是工会的人；
当纳粹来抓我的时候，没有人站出来为我说话，
因为他们都被抓走了。

真情是做人的精神。生活中我们可以没有豪言壮语，但不能抹杀真情实感。冬奥会短道速滑冠军周洋在获奖后说："要感谢爹妈，让爹妈的日子过得好一些！"她忘记了说感谢国家，回国之后她受到了国家体育总局官员的严厉批评："她感谢爹妈不错，但她要把感谢国家放在爹妈前面才行啊！"这则批评引发网友热烈讨论，网民一边倒地批评官员的官腔。周洋一家人住在14平米的单间，生活状况非常艰苦，17岁的周洋如果不说感谢爹妈，感谢周围提供帮助的人，问题才更大了。连亲人都不爱的人就别指望他去爱国家了。电影《拯救大兵瑞恩》以母爱贯穿整个剧情，荡气回肠的母爱是明线，爱国只是一条暗线，让很多观众产生强烈的共鸣，这才算一部伟大的爱国主义大片。

作为凡夫俗子，我们就算不去思考"留取丹心照汗青"的伟大理想，也至少要活出做人的精神。我常想，自己活了一辈子，能不能在临死前对自己说："这一辈子，我真的不虚此行！"不虚此行，四个字说起来很容易，想起来很厚重。有多少人在回首往事时能说出这四个字呢？

快乐无需理由

兰是我大学同学，她的学习成绩很好，但性格内向，多愁善感，属于见落花就流泪、见飞雁就伤感的那种人。

我找她搭讪："你怎么总是闷闷不乐呢？难道笑一笑就那么浪费体能？"兰疑惑地回答："你这人真奇怪，我又没碰到什么高兴事儿，有什么可笑的呢？"我反问她："难道快乐还需要理由吗？"兰先是一愣，仿佛被我的话问住了。随后，她像老和尚念经一样念叨："人生苦短，几十年的工夫一眨眼就过去了，苦苦奋斗一生也许还换不来成功。你说人生还有什么意义呢？有时我会恨我妈妈生了我！"这时天空由晴转阴了，她让自己的生活多了一层灰色。她恨不得在每个人的头上都盖上一层厚厚的灰色毛毯，让所有的人和她一样感到窒息。

原来有厌世情结的人并不是不热爱生活，而是太溺爱生活，对人生寄托了太高的期望，有点儿像古代君王执迷于长生不老的幻想。

生命其实很简单，过程才最重要。星球运动偶然撞击出了生命，产生了猴子、狮子、老虎、狐狸、人……所有生物都有生长病死的过程，这就是自然规律。这不仅是生命的规律，而且还是宇宙的规律。

兰说她一想到死亡就感到恐怖，因为美好的东西过于短暂，与其体验得而复失的失落，还不如从来不曾拥有。人死之后就没有感觉了，什么也不知道了，什么也没有了，难道这还不可怕吗？想到这些她就感受到了人生的悲哀与无奈。我赶忙安慰她，不会什么都没有的，能量是永恒的，物质是不灭的啊！

兰不同意我的观点，她驳斥道："有人说，身体上的物质只能转化成两块肥皂，爱干净的人转化成两块香皂，不爱洗澡的人转化成两块臭肥皂。"听到这句话，我很不开心。这不是歧视咱们不爱洗澡的人吗？但我还是耐心地给她做思想工作："人死之后，除了两块肥皂之外，还有一部分转化成天地之气，在宇宙间永存。有位物理学家研究证明，人死后灵魂飘到半空之中，随雨水降到江河湖泊之中，女人喝了附着灵魂的水之后孕育出生命。中医治疗不孕症并不是药的功效有多么神奇，主要是煎药的那瓢水中附着了生命！前世我们是同事，今世我们是同学，后世我们就应该是夫妻了。"

兰笑着说："与你做朋友还行，夫妻就免了吧，因为我根本瞧不上你。""那可是上天的安排，我们左右不了。况且我们第三次相遇时，我也不是现在的样子了。肯定比现在潇洒多了、有才多了。第三次是你主动追我的，你爱我爱得死去活来！"

兰终于乐了："别臭美了吧！那估计是地球毁灭之后的事了。"为了让兰开心，我又手舞足蹈地表演了一番："你想想看，如果你能活到下周，你比世界上几百万人更快乐，因为他们看不到下周的太阳了；如果你从未尝试过战争、牢狱、酷刑的折磨，你比世界上其他五亿人更快乐；如果你的冰箱里有牛肉、身上有时装，还有一张温暖的床，你比世界上30%的人更快乐；如果你在银行有存款、口袋里有零钱，你属于世界上最快乐的10%的人；如果你成绩优秀，还有一位帅哥在面前献殷勤，哇噻！你是世界上仅有的2%的快乐人！”

兰被我彻底逗乐了，心情也渐渐释然。天空总算由阴转晴了！

毕业多年之后，我一直没有兰的消息。去年突然收到一封邮件。

老潘：

你好！

你浪迹江湖，转战南北，同学们都没有你的消息。我像大海捞针似的找到了你的邮箱，迫不及待地给你写了这封邮件。

感谢你大学期间给我的帮助和开导。走上工作岗位之后，我常常提醒自己要快乐。生活中难免会遇到这样或那样的烦心事，我有时怀疑你对快乐的解释，但又笃信你倡导的人生观。回首往事，我发现自己一直对快乐有着执著的追求。

快乐并不完全等同于物质上的满足，也不等同于成功后的洋洋得意。它是付出之后的回报，哪怕结果差强人意，甚至失败，同样可以赢得别人的尊重与掌声。快乐还在于能为别人提供帮助，为不幸的人流泪，为美好的事微笑，为热爱的事业奉献，这样才活得真切。即使遇到不幸，也不可能全方位不幸，不要把不幸放大，应该学会把不幸淡化。塞翁失马，焉知非福？

听到这些话，你应该感到欣慰吧？因为我把你视为我生命中的快乐导师。痛苦是成长成熟的必由之路，只有自己深刻体会了，才知道其中的苦涩与甘甜。在这十年里，我也痛苦过，但痛苦只是我生活的过客，快乐才是我永恒的朋友。

孩子开心时会笑，不开心时会哭。作为成年人，开心时开怀大笑，不开心时一笑而过。因为成人有更强的控制能力和调节能力。每天练一练面部放松功，面部肌肉放松了，微笑洋溢在脸上，心情才会变得愉快。

星云大师说过："春天，不是季节，而是内心；日出，不是早晨，而是朝气；幸福，不是状态，而是感受！"历经十年，相信你对快乐又有了更深层的理解，给我带来更大的快乐！

兰，于2010年2月1日

金钱这玩意儿，算啥呀？

一位作家在电视节目中义正辞严地说：“文人应该耻于谈利，耻于利是社会进步的标志。自古文人都淡泊名利，归隐深山，粗茶淡饭，青灯黄卷。”这位学者西服笔挺，头发锃亮，却倡导别人过“举家食粥酒常赊”的日子。这种金钱观是主流媒体、正人君子的“正版”观点，笔者只想发表一点不入流的个人见解：

金钱是通行证。

孔子够牛吧？但他周游列国的时候并不是靠喝西北风、捡烂菜叶活命的，他旅行的大部分费用都是弟子子贡提供的。没有这个大款学生，孔子也不会有那么多的见闻，也不会有流传至今的儒家思想。钱还真是个好东西，没有了它，连伟大的思想都会寸步难行。

在商品经济时代，如果我们不断地宣传“耻于谈利”，就有点违背人性了，让人感觉矫情。我们不用回避，金钱是芸芸众生正大光明竞相追逐的目标。对于十年寒窗的学子，知识换取所得，不仅是谋生的需要，也是对家庭多年付出的回报，更是一个人社会价值的体现。的确有一类人对钱没有感觉，因为他们家有一位可以与和珅比富的爸爸。

金钱是试金石。

有些人在谈到金钱的时候，满口的仁义道德，满嘴的理想情操，但金钱出现在面前的时候，两眼放光，一下子露出了贪婪的本色。某医院要制定奖金分配方案，召开中层干部会议，听取大家的意见。原本和和气气的科主任、护士长一下子争得面红耳赤，有人据理力争，有人无理取闹，无非是你多几十元，他少几十元的问题。会议结束时，院长请我谈谈体会，我说："如果我是科主任，我一定会主动放弃这点钱。并不是我多高尚，而是我认为用这几十元钱换取护士长的尊重和对工作的配合，换取科室长久的友谊和团结是非常值得的。"

金钱是魔法棒。

一家兄弟姊妹六个，外加一位舅舅、一位姑父，八个人一起筹集资金建了一家企业，每人一股。企业从无到有，从小到大，逐步打出了品牌，具有了一定的市场影响力。前期大家考虑是亲兄弟，都是口头上达成的协议，也没有立下字据，想到一家人还要立字据，太见外了。让人意想不到的是，掌握企业核心资源的一位兄弟见钱眼开，突然不承认大家是合伙经营的，说过去是大家借钱给他，想把整个企业据为已有。当其他七位参股人准备将他告上法庭的时候，这位"兄弟"竟然把父母当成了绑架对象。在父母面前装疯卖傻，以上吊服毒相要挟。他被金钱迷惑得六亲不认，着实令人大开眼界。亲人们考虑到父母的身体，没有将他告上法庭，反而深层次地看到了一副可耻、可笑、可悲、可怜的嘴脸。这张亲情之网被金钱这根魔法棒捅得破败不堪。

金钱是"推磨鬼"。

常言道："有钱能使鬼推磨。"2004 年，三鹿集团因奶粉的蛋白含量不达标，被列入了黑名单，成了“大头娃娃”事件的元凶。面对危机，三鹿高层认识到：“危机既是风险，又有机会，危机管理就是在刀尖上跳舞。”三鹿集团演绎了一段精彩的危机公关剧，利用强大的广告掩盖了负面报道，迅速夺回失去的市场。为了让牛奶中的蛋白含量达标，三鹿集团偷偷在牛奶中添加三聚氰胺。2008 年，三聚氰胺事件导致中国出现了一大批比“大头娃娃”更可怕的“结石娃娃”，乳业大亨三鹿集团最终折戟沉沙，落得以死谢罪的下场。2009 年，犯罪分子又把毒奶粉偷运出厂，私自加工销售。为什么毒奶粉始终阴魂不散呢？——“有钱能使鬼推磨。”

金钱是双刃剑。

有些人没有钱的时候，没有顾虑，放手一搏取得了成功；有钱之后，瞻前顾后，过于保守，失去了进一步发展的机会。不是金钱绊住了脚，而是恶魔绊住了心。金钱不是绊脚石，而是垫脚石，能给我们更大的平台，做出更大的事业。

有人有钱就堕落了，有人没钱就抢劫了。最后大家得出结论：“金钱是万恶之源。”有人有钱后成立慈善基金会，有人没钱用汗水赚钱。一栋栋大楼，一条条马路，都凝聚了广大农民工的汗水。金钱是无辜的，它原本是衡量每个人贡献的标杆，只不过少数不法分子扭曲了这根标杆，让光明磊落的钱变得不干净了。正如有人开车闯红灯被罚款，他们不断抱怨红灯、抱怨车、抱怨交警，就是不抱怨自己。

金钱这玩意儿，究竟算啥？金钱放在银行里，是货币；装在好人的口袋里，是天使；装在坏人的口袋里，是魔鬼；装在小孩的口袋里，是棒棒糖；放在你的口袋里，金钱是什么？

本色

2003年，湖南省涟源市七一煤矿在井下水仓扩容掘进时发生突水事故，16名矿工被困井下。6天后，救护人员打通救援通道后找到了16具尸体。在遇难者聂清文的遗体附近，救护人员发现了一顶写有遗书的安全帽："骨肉亲情难分舍，欠我娘200元，我欠邓曙华100元，龚泽民欠我50元，我在信用社向周吉生借了1000元，王小文欠我1000元，矿里押金1600元，其他还有工资。"聂清文在帽子上对妻子写道："认真带好孩子，孝顺父母，好人一定会有好报。"这份朴素而简洁的遗嘱被评为2003年"刻骨铭心的民间十大声音"的首条，一个人在临终之前，把自己生前的事情交代得清清楚楚，不留一丁点糊涂账。这是一个即将离世的人最真实的体现，这就是本色。

本色是责任，更是态度，是你与众不同的特质，是你生命的招牌。本色应该从学校抓起。作为教师，我深知教育的重要性，但教育不是说教，更不是老生常谈。我反感老师在学生面前拿腔拿调地讲课，像官员做报告，像外交官开记者招待会。教师唯有在讲台上展示最本色的自我，才能以人格魅力感染学生。

春节期间，我受东北某培训公司邀请到医院做员工培训，培训公司负责人和院长一起到机场来接我。这家培训公司曾多次邀请我讲课，我与培训公司的老板非常熟悉。刚走出机场大厅，老板迎上来悄悄告诉我，不要让院长知道他的老婆是本地人。我一直不明白为什么这点小事还要撒谎。院长给老板敬酒时说："黄老板，你太让我感动了！为了我们医院的培训，你连春节都没有回家!"老板附和道："是啊！除夕那天，我妈妈给我打电话，问我有没有饺子吃。我当时正在泡一碗方便面。听到我妈的声音，我的眼泪都出来了。"一席话，让在场的领导感动不已。事实上，黄老板早已在当地安家了，他妈正在他家给他带小孩。本来春节期间为医院组织培训，院长就已经很感动了。为了让院长更感动，他撒了一个谎，同时给自己设了一个套。院长问我一个问题，我正准备回答，他赶紧对我挤眉弄眼；院长又问我一个问题，我正准备回答，他就在桌子下面踢我。这样做人活得累不累呢？每个人都有自己的私人空间。如果不想告诉别人，你可以保持沉默，但不要编造谎言，给自己设套，给别人设套。

名人也是吃五谷杂粮的血肉之躯，不需要把自己包装得格格不入。加拿大人大山代表中国中央电视台报道冬奥会，他在现场碰到了加拿大总理斯蒂芬·哈珀。为了活跃气氛，大山要求加拿大总理跟着他说中文："春节快乐!"，总理竟真的像小学生一样在现场一板一眼地学起了中文。虽然他讲得非常糟糕，但他不害怕在全世界人面前"丢丑"。有位芝麻大的小官，平时讲话就像做政府工作报告似的，那份架子就是放不下来，一顿饭吃下来，这位官老爷累得满头大汗。赵本山的小品表演之所以广受好评，正是源于他朴实的表演。他善于把原汁原味的生活搬上舞台，拉近与观众之间的距离。

本色是内心的独白，表现出来时同样需要“润色”。有人把粗俗理解为本色，着实令人汗颜。武汉一对年轻夫妻经常一丝不挂地坐在阳台上乘凉，号称人与人之间就应该这样“坦诚相见”，害得邻居都惊恐不已，园区小孩的学习成绩在他们的“坦诚”面前更是直线下降。小区居民不得不报警，在警察反复协调下，总算制止了这种行为。

有人将本色理解为知无不言，言无不尽。在公众场合大谈特谈个人或他人的隐私，弄得同事关系很紧张。同事很不高兴地说：“如果你想当着全中国人民讲你的隐私，那就到中央电视台艺术人生栏目中当嘉宾去吧！”

人格魅力在于用真诚贴近朋友，真理在于用人性贴近大众。

“大我”与“小我”

某天晚上，我投宿于西北边陲小镇。夜深人静，和风细雨，睡眠极深。深度睡眠之中，梦也做得很有深度。我梦见了二十多年前的一件不愉快的事情，这件事情是因为自己心胸狭窄、自私自利、狂傲自负造成的。这个梦让我温习了自己曾经可笑而可耻的嘴脸，今天的我绝对不会再有那般德行。令人费解的是，在现实生活中早已被记忆尘封的东西，为什么会在梦中悄然出现？脑海中有的东西，梦才可能反映出来，因为梦是不会无中生有的。

心理学认为，每个人都具备三个“我”：“本我”、“自我”与“超我”。在我看来，每个人都有两个“我”同时存在。一个是“大我”，一个是“小我”。

“大我”指精神上健康的一面，表现为：快乐、阳光、理性、自然、信任、大爱、谋略、积极、创造、开放。“小我”指精神上不健康的一面，表现为：消沉、阴暗、偏执、做作、多疑、自私、奸诈、被动、愚钝、狭隘。有人一辈子生活在“大我”之中，高风亮节；有人一辈子局限在“小我”之中，阴暗丑陋。

第二次世界大战期间，美国物资短缺，很多物资都要靠轮船从其他地方运往美国。船员们历经千辛万苦，冒着生命危险护送物资，但仍然难以改变后方“僧多粥少”的局面。

第二次世界大战之后，一群记者采访一位功勋卓著的老船员：“您为后方人民带来了物资，也带来了生的希望，请您谈谈对这份功绩的感想。”

老船员瓮声瓮气地回答：“没有感想。”

记者追问：“轮船被鱼雷炸翻过，被导弹击中过，难道您一点感想都没有吗？”

老船员平静地说：“司空见惯。”

记者还是想挖掘新闻，继续“启发”老船员：“难道没有什么事给您留下深刻印象吗？”

老船员的目光瞬间黯淡了，他沉默片刻之后说：“有两种声音让我难忘，第一种声音是战友在大海中挣扎时的呼救声；第二种声音是后方民众争抢物资时的抱怨声。”

热闹的现场霎时变得异常沉默……

“大我”不一定是形象高大的英雄或名人。一位憨厚淳朴的钟点工，一位甘愿为大家义务当楼长的七十多岁老伯，一位常年免费接送尿毒症患者做透析的出租车司机……这类默默无闻的“大我”不需要任何宣传，只要你知道他们的事迹，你就会由衷地向他们致敬。而某些靠炒作树立起来的“大我”，其实是“大”而不强，不能让人肃然起敬。靠金钱买来的“大我”，更像海市蜃楼，在阳光的照耀下很快就消失了。

有些人过去生活在“小我”之中，后来学习了、感悟了、升华了、净化了，上升到了“大我”的境界。有些人原本抱着“大我”的心态处世，但面对生活中的种种挫折，没有及时调整好心态，“大我”被残酷的现实扭曲成了“小我”。

据《南方都市报》报道，2009 年 12 月 26 日凌晨 2 时许，广东外语外贸大学大三学生任某驾驶宝马轿车撞死了一名酒店服务员。事发之后，肇事者驾车逃离现场，很长一段时间一直逍遥法外。肇事的任某与被撞死的服务员李某同年出生，都是 21 岁的年轻生命。现实是残酷的，不仅肇事者一直没有投案自首，就连肇事者的家人也一直不愿露面。受害者的母亲痛心地哭诉：“事发这么长时间了，肇事者及家属连一个安慰的电话都没有打过啊!”一个多月后，在好心群众的协助下，交警总算找到了肇事者家属，这是出事之后死者的母亲第一次见到肇事者的母亲。令人气愤的是，肇事者的母亲不但没有表示出丝毫歉意，还厚颜无耻地说：“我们也是受害者，我现在也没有见到我的儿子，我也不知道他是生是死呢!”

母爱原本是伟大的。然而，在遭遇这样的变故之后，护子心切的母亲却表现得如此冷酷与自私。面对受害者家属，肇事者的母亲不仅没有丝毫的同情、内疚与自责，甚至对儿子的违法行为给予了极大的包庇。母爱原本是伟大的，是无数人讴歌的“大我”形象。当母爱被扭曲到这个程度时，却让人感到这种母爱是何等的渺小与丑陋啊!

在我们的内心世界中，已经被“大我”挤得无影无踪的“小我”依然存在，只不过躲在黑暗的角落被我们忽视罢了。趁“大我”“睡觉”的时候，“小我”会悄悄地溜出来。由此可见，无论多么伟大的“大我”，只算一剂抑制“小我”繁殖的抑菌剂，而不是杀菌剂，不可能把“小我”斩草除根。看来天天加强自我修养，保证“大我”的强大是每个人每天必修的功课。

一个民族同样分为“大我”与“小我”。没有高尚精神境界的民族，不可能有大的作为；没有良好道德观念的民族，不可能赢得世界的尊重。现阶段中国经济发展较快，很多人对物质要求越来越高，但思想境界并不一定会同步提升。一个民族在向世界展示大国雄姿的时候，也要展现其国民的价值观、道德观、正义感、人格魅力和个人素养。

测心器

考古学家幸运地挖掘到了孙悟空眼珠的化石。科学家用这块化石作为核心材料，制造了一部仪器——测心器。这部仪器目前安装在联合国大厦内，为有需要的人提供免费服务。

人类曾发明了心电图、超声波等设备探测心脏的生理功能与病理变化，而测心器的问世无疑成为人类研究心脏的又一个重大里程碑。这台仪器能够根据一个人的心脏颜色，洞察他的精神世界，评价他的道德品质。

测心器的出现推翻了现代医学关于“人的思维活动是由大脑完成”的错误理论，证明了中医理论“心之官则思”的科学性。也就是说，人类思维和思想的根源在于心脏，心脏的物质组成、细胞结构、运行方式决定了一个人的思考方式和意识形态。

测心器检测发现，每个人心脏的颜色并不相同，内心世界原来也是色彩斑斓的。有些人的心脏是绿色的，有些人的心脏是红色的，有些人的心脏是灰色的，有些人的心脏是黑色的……一个人拥有不同颜色的心脏，就表明他具有不同的性格特征和道德情操。绿色的心脏，代表了平和、自然、善良、爱心；红色的心脏，代表了热情、阳光、执著、奉献；灰色的心脏，代表了消极、惰性、悲观、自私；黑色的心脏，代表了凶狠、狡猾、贪婪、阴险。

心脏颜色随思想的变化而变化。浅灰色、浅黑色的心脏通过精神上的洗涤可以变为红色或绿色，这叫弃暗投明。深灰色、深黑色的心脏要褪去这层颜色要困难得多，工艺要复杂得多，这叫积重难返。有一种心脏是用狗屎做成的，无法通过清洗工艺来改变色泽，拿出来一洗，马上变成了一沟臭水，心脏随即消失，这叫臭名昭著。

医学上有一种心脏功能检测，叫平板试验。表面上心脏正常的人，在平板上剧烈运动时，心脏的病变就会马上显现出来，这种心脏病叫隐匿型心脏病。测心器也有类似的试验，这种试验叫变色试验。试验之前，很多人的心脏都是红色或绿色的，表现为健康的心脏。但滴入一种“名利”试剂之后，心脏颜色可能会发生变化。有些变成了黑色或灰色，这类心脏叫“假红”、“假绿”；有些红色心脏滴入“名利”试剂之后，变得更红，红得璀璨夺目；有些绿色心脏滴入“名利”试剂之后，变得更绿，绿得生机盎然。

心脏的显色时间有长有短，有些心脏滴入“名利”试剂就立即显色，有些心脏要经过长时间之后才慢慢显色，因此，提醒试验者不要过早妄下结论。心脏对试剂的耐受力有强有弱，有些心脏加一丁点“名利”试剂就会变色，有些心脏只有滴入大剂量的试剂时才会变色。

本来测心器只是一台用于科学试验的普通仪器，但目前却引起了强烈的社会反响。有些自诩为勇士的家伙，把一些假红、假绿的心脏抓过去进行显色试验，弄得这些人诚惶诚恐，因为他们担心别人知道自己的真实面目。这些人出门的时候，总是低着头，捂着胸，把衣服扎得严严实实。让公众大跌眼镜的是，一批拥有耀眼光环和唬人头衔的卫道士也连连中招。卫道士们认为，这台测心器根本没有科学依据，并凭借他们的影响力向联合国施压，要求捣毁这台引起社会动荡的测心器，还社会一份宁静。勇士们则坚决主张保留这台测心器，还社会一个清白。

“宁静”与“清白”的问题引起了全世界人民的广泛关注，联合国大会决定由全世界人民投票决定这台仪器的去留。投票已经持续了半年，赞成票与反对票正处于胶着状态。

为了体现你的社会责任感，请赶紧投上你神圣的一票吧！

一颗没有下毒的糖

北京西站候车室的人很多，座位之间的走道上摆满了大大小小的行李包。我找了一个空座坐下，随手从包中拿出一本书打发时间。

“师傅，和您换一下座位好吗?”我抬起头，只见一位满头银发的老婆婆，正用期待的眼神看着我。我发现自己正好坐在了一对老夫妻的中间。我点头同意，赶紧起身与老婆婆交换了座位。老婆婆可能觉得我比较友善，坐下后主动找我搭讪。我告诉她，我准备去河南出差。

老婆婆脸上露出了一丝失望的表情，她说:“看来咱们不同道。我刚刚到北京参加了侄子的婚礼，准备回老家山东聊城呢。”老婆婆一边说，一边打开随身的小挎包，从里面掏出一大把糖果递给我。我赶紧推让，一方面，我仅仅是举手之劳交换了一个座位，根本用不着这样厚重的感谢；另一方面，妻子常常告诫我不要轻易和陌生人搭讪，不要让陌生人了解我的信息。毕竟这个年代坏人很多，谁还敢吃陌生人给的东西呢?常常有新闻报道，坏人就是在烟或食物里加麻醉药，致人昏迷，然后采取犯罪手段。老婆婆执意把糖果往我手里塞，我只好从她手中的一大把糖果中象征性地取了一颗。但我并没有马上吃掉这颗糖，而是一边看书，一边把这个糖当成玩具在手上摆弄。

我乘坐的列车不一会儿就开始检票了，我向这对老夫妇道别离开。在去往站台的路上有一个垃圾桶，我顿时生出想将这颗糖果丢进去的冲动，一则我不爱吃糖果，二则我实在不敢吃陌生人送的东西，担心是糖衣裹着的麻醉药。但转念一想，如果这是一颗健康的糖，是老婆婆的一份真心，我却扔进了垃圾桶，岂不是好心当作驴肝肺？我的心中不由自主地掠过了一丝愧疚。

我把这颗糖顺手塞进了电脑包，眼前浮现着老婆婆那慈善的目光。出差回家之后，我拿出这颗糖，讲述了它的来历。妻子笑着说："老潘，你怎么一下子变得这么多情了呢？我从来没见你对我这么浪漫过，一颗糖留了好几天还不舍得吃？我给你买的那么多糖却在家里放过期了！"

我将这颗糖托在手心，认真地对妻子说："这不是一颗普通的糖。我现在把这个糖吃了。如果这颗糖真含麻醉药，大不了让我好好睡上一觉。"我拿出手机，给这颗有故事的糖拍了一张艺术照，然后郑重地剥开糖纸，放入口中。我的天啊！竟然甜丝丝的！我心中不由得感叹，真诚原来是如此之甜，哪怕只是萍水相逢。

还记得上大学时，每次寒暑假坐火车回家都是一次幸福的旅程。来自四面八方的陌生人一见面就混个烂熟，毫无顾忌地把各自带的食物摆在桌上，一起享用。一路上有说有笑，毫无戒备。我的一些朋友都是那时在火车上认识的呢！但现在坐火车几乎看不到这样的场面了。在软卧包厢里，我和另外三个人同处一室十几个小时，但终究是各读各的报，各睡各的觉，连点头打招呼的机会都没有。我在心里揣摩着：

那个打扮妖艳的年轻女子，一定不是什么大家闺秀；那个留着络腮胡子的中年男人，让人不由自主地想起在幼儿园门前杀害小孩的凶手；那个五十多岁的老婆婆，一路上沉默不语，整个旅途连眼皮都没有抬一下，让人顿时联想起那些装神弄鬼的巫婆……想到这里，我不由得偷偷笑了起来。我不知道自己在他们的眼中是怎样的货色：小偷、骗子，还是吸毒者……

现在的社会复杂多变，意识形态也光怪陆离，到处充斥着憧憬，到处充斥着诱惑，到处充满了陷阱。现实社会有点像虚拟的网络世界，每个人都想成为猎手，但一不小心却成了别人的猎物，被丛林深处的一支暗箭射得鲜血直流……当人与人之间的交流空间变得越来越广的时候，心灵与心灵的交往空间却越来越窄，将真诚和信任排斥得所剩无几。当我们以自卫为借口对人冷漠时，我们可曾想过，周围仍有许多真诚的人值得我们真诚地对待。为什么没有勇气去接受别人的一颗糖呢？我和婆婆虽然不是同路人，但我们却是“同道人”，都是行走在真诚与善良大道上的好人。

这张糖纸，一直夹在我的书中。它不是一个简单的书签，而是写着“甜”字的一面旗帜。

永别了，《大海》

在女儿妞妞很小的时候，我就习惯在她睡觉之前给她按摩，妞妞很是享受，我也乐在其中。我学医十五年，真真假假也拿到个医学博士学位，耗费了国家那么多教育资源，却没有选择当医生，唯一算得上学以致用的地方就是给妞妞按摩。

为了逗妞妞开心，我还特意编了一首儿歌《大海》作为“调料”，一边按摩一边朗诵：“在一个风和日丽的早晨，爸爸妈妈带着妞妞站在海边的沙滩上，前面是一望无际的大海，海水非常平静，几只海鸥从海面上掠过，妞妞的心里非常放松。头放松、脸放松、脖子放松……”

按摩原本是为了给妞妞健身，但慢慢地变成了家里的一项娱乐活动，全家人都参与这项活动。我们本想妞妞上初中之后，就停止这项活动，但妞妞上初中后仍然执意要求每晚来一段《大海》。我爱人开玩笑地说：“估计要按摩到妞妞做妈妈的时候，她才不会让你《大海》了，因为她会让你给她的孩子《大海》。”

前几天，妞妞在学校上体育课时摔跤了，回家后娇滴滴地不肯服消炎药，也不肯用外用药，甚至还以此为由，几天都不肯洗澡。妞妞的脆弱、任性是与我对她的纵容密不可分的。这件事让我很不高兴，这样经不起风浪的妞妞，如何在社会上生存？一气之下，我把妞妞的脆弱归咎到了《大海》上，我告诉她以后再也没有《大海》了。

当天晚上，我没有声情并茂地朗诵《大海》，全家人无声无息地睡觉去了，妞妞很委屈地上床了。近十年来，妞妞都是在《大海》的怀抱中入睡的，突然没有了它，我知道妞妞的心里是何等的难受。看着妞妞在睡梦中还挂着泪痕，或许她在想爸爸没有以前那么爱她了，或许她在想爸爸厌倦《大海》了。

妞妞啊，你要知道爸爸是多想朗诵《大海》啊，没有《大海》的晚上，爸爸的心里反倒像翻江倒海的大海一样，久久不能入眠。妞妞，你知道吗？爸爸独自躺在床上，默默地在心里为你朗诵了几十遍《大海》。

爸爸和妞妞都需要《大海》，妈妈也需要《大海》。对于我们家庭而言，《大海》就像一个国家升国旗一样重要！没有《大海》的晚上，我的咽喉发干发痒，我真想每天晚上为你朗诵《大海》，直到我生命的最后一刻！但是，我不能，我真的不能，我一定要控制自己的情感！

周菁华曾经写过一篇文章《我是一只鹰》，描述了一只小山鹰跟着爸爸练习飞翔的经历。小山鹰问爸爸：如果我忘了飞，直接摔下去，你会救我吗？爸爸毫不犹豫地回答：不！也许你觉得爸爸很残酷，但这正是山鹰家族能生存下来的原因。

虽然我也希望妞妞一辈子都能依偎在我温暖的怀抱里，永远躺在风平浪静的港湾里，但我知道这是不可能的，她终究有扬帆远航的那一天。我给她编写的《大海》，只是一个美丽的梦，一个永远风和日丽的避风港。长期下去，妞妞就会形成一个错觉，海就应该是《大海》中的海。她将不知道大海里还有暴风骤雨，还有暗礁险滩。

妞妞，爸爸多么希望你生活在儿歌中的《大海》里，因为我爱你。

妞妞，爸爸不能给你一个风和日丽的《大海》，因为我爱你。

永别了，《大海》，因为爸爸爱你，妞妞！

你到底爱我什么？

恋爱中的女孩喜欢问对方一个问题，反反复复地问，不厌其烦地问，甚至每天必问："你到底爱我什么？"

男孩支支吾吾地回答："爱你的性格，爱你的善良，爱你乐观的精神……"这种话，不能不信，也不能全信。这属于外交家的外交辞令、政治家的官腔、演员舞台上的台词……如果男孩回答：喜欢你金子般的心！听到这个答案，傻女孩很激动，为自己高尚的人格而激动。聪明女孩会很难受：除了那颗虚无缥缈的心，难道我的外表没有值得你爱的地方吗？如果女孩确实有花容月貌的外表，但男孩熟视无睹。这种男孩只是瞎子，只算垃圾男，女孩应该毫不犹豫地离开他，躲得越远越好！

女孩一味标榜内在美，而忽视了外在美，这是一种物极必反的肤浅。外在美不单单是指五官与身材，还包括一个人的精气神传递给对方的所有感观，调动对方精神、情感与器官的全部要素。

女孩，看起来应该如抒情诗般优雅，听起来如山泉般清脆，闻起来如花儿般香馥，摸起来如绸缎般光滑……有一天，我和一位女同事乘地铁。一个小和尚站在我们面前。他斜挎粉红色背包，与一身青灰色的长袍搭配起来很不和谐，女同事对我耳语：“女孩子背着这个包肯定好看，小和尚背着实在可惜！”我冲着同事做了个鬼脸，调侃道：“不行让小和尚把包送给你，也算是物尽其用吧？”没过多久，小和尚拨开层层叠叠的长袍，掏出一部时尚的手机接听电话。我竟听到一口清脆柔美的女声，原来不是和尚，而是一个美女尼姑。我睡意全无，两眼发直，仔细端详着这位超凡脱俗的大美女。我在女同事耳边轻声说：“这个世界美女本来就是稀缺资源，大美女做了尼姑，实在可惜！”那天，我的眼前总是晃动着一个清纯、洁白、明亮的脸庞，还有那粉红色的时尚背包。“爱美之心，人皆有之。”没有谁能剥夺尼姑爱美的权利，尼姑心中同样有美的信念。美，让人产生心理上的满足与愉悦，愿每个人都用心去创造美、展示美、欣赏美、享受美，在现实主义的土壤上绽放浪漫主义的鲜花。

两位年轻漂亮的女孩同样患了急性白血病，她们住在同一间病房做化疗。两个疗程之后，她们乌黑发亮的头发全部掉光了。一个女孩看到镜子中的自己，一下就绝望了，连镜子都不敢照了，甚至连脸都懒得洗了。另一个女孩买了一副假发戴上，每天照样化妆，照样“臭美”。“臭美”不一定能延长她的生命，但一定能提高生命的质量。这应该是一种生活的态度。

美，不仅是客观所见，更是主观感受。心中有情，眼中有景。青菜萝卜，各有所爱。有人描写北方的冬天，滴水成冰，树木枯萎，一片苍凉，好像冬天是世界的尽头一样。同样的风景，在伟人眼中却完全不同：“望长城内外，惟余莽莽；大河上下，顿失滔滔。山舞银蛇，原驰蜡象，欲与天公试比高。”诗人看到了严冬孕育着生命，孕育着春天……

外在美不是无源之水，往往是内在美的一种表达。三国时期，北方的匈奴派使节拜见魏王曹操。曹操长得不是很高大，对自己的外貌没有信心，恐怕被匈奴人小看，于是找了一个名叫崔琰的人，假扮成自己接待外国使者。此人高大威猛，曹操认为这个人可以壮国威。曹操自己挎了一口刀，站在旁边，充当“魏王”的侍卫。接见完毕后，使者回到驿馆，曹操派人去问使者对魏王的印象。使者回答：魏王的确高大威猛，不过站在旁边手持腰刀的矮小侍卫才算真正的英雄。原来，内在的气质想掩盖都掩盖不住。

60岁的女人，身体无法抗拒岁月留下的痕迹，但只要内在美存在，仍然可以透出少女般的情怀：声音之甜美，身材之姣好，步履之轻快，衣着之时尚，皆会让人着迷。走在大街上，居然有小流氓跟在后面吹口哨。老态龙钟，描述的不是五官，而是神态。

如果你没有花容月貌的硬实力，只是属于80%的平淡女孩，只要外表没有异性实在没法容忍的硬伤，完全可以通过修饰、服装、气质等方式得到对方的青睐。一句话，一个表情，一首歌，一个眼神，让他像中了魔咒一样，爱你没商量。

“你到底爱我什么?”当一个女孩要问对方这个问题之前，先问问自己：“我到底有什么可爱?”

好人不要当成了傻好人

《西游记》中有一个众所周知的“孙悟空三打白骨精”的故事。为了吃到唐僧肉，以求长生不老，白骨精可谓机关算尽，她忽而变成美貌的少妇，忽而变成慈祥的老婆婆，忽而变成凶狠的老爷爷，接二连三地欺骗善良的唐僧。幸亏孙悟空火眼金睛，识破了妖精的阴谋诡计，才让执迷于善念的唐僧脱离了危险。在对待妖精的问题上，唐僧与孙悟空产生了原则上的分歧。唐僧认为，即使是妖怪，也要劝她弃恶从善，立地成佛。而悟空呢，则爱憎分明，认为妖精本性难移，就是应该一棒子打死。

“三打白骨精”中的三个人物代表了三种类别的人：白骨精是坏人，孙悟空是好人，唐僧是一位十足的傻好人。坏人的凶狠、狡猾、贪婪是坏到了骨髓，往往难以逆转；好人则爱憎分明，能区分出好坏美丑，把握做事的分寸；傻好人也是好人的一种，但不讲原则的善良，常常被坏人利用或欺骗，不仅伤害了自己，而且伤害了更多无辜的好人。

我在全国各地巡回演讲或写文章弘扬社会公德，提倡真、善、美。

但我担心自己的演讲把周边的好人教育成了傻好人，让他们受到伤害。做好人也要讲究原则，好人不能当成了傻好人，让更多的坏人有了可乘之机，让傻好人蒙受损失，受到伤害。

傻好人耿直得没有分寸。傻好人是“直肠子”，一眼就被人看透了。坏人脸上挂有多副面具，肚子里安装的是“九曲回肠”，这类人常常是满口的仁义道德，这与傻好人心中的理念很相近，坏人对傻好人耍嘴皮子，傻好人向坏人掏心窝子。在与坏人交往的时候，傻好人根本不是坏人的对手。几个回合下来，傻好人就一败涂地，被坏人套牢了，成为坏人手上牵着的一只小羊羔。

傻好人善良得没有分寸。傻好人听到坏人描述他的“悲惨遭遇”，不问青红皂白，泪如泉涌，把自己当成了救世主，慷慨解囊，倾其所有。后来发现被骗的时候，傻好人或追悔莫及，或干脆一傻到底，自我安慰。

傻好人看重名誉没有分寸。他把名声看得比自己的眼睛还重要，恨不得世界上的三教九流、各色人等都说他是好人。坏人正是借用了傻好人的弱点，不断地恭维傻好人，给傻好人戴“高帽子”：“你是世界上最好的人!”傻好人就是被这顶“高帽子”给压死的。

傻好人脸皮薄得没有分寸。例如，坏人找傻好人借钱，傻好人也能预感到这笔钱借出后打了水漂，但还是经不住坏人的称兄道弟。傻好人甚至愚昧地认为：如果不借给他，我就不是东西。傻好人辛苦积攒的血汗钱落到了坏人手上，坏人连眼睛都不眨就挥霍掉了，然后又找其他傻好人借钱去。到了还钱的时候，傻好人赔着十二分的小心去讨钱，从国际形势讲到国内新闻，最后总算鼓起十二分的勇气说：“你看我现在手头很紧张，能不能考虑一下……”坏人早已把借钱这档事忘得一干二净。经过傻好人一再暗示提醒之后，坏人似乎恢复了一点记忆。但他仍然顾左右而言他，被逼急了，便甩出一句："等我有钱了再说吧！放心吧！差不了你的那几个钱!"傻好人被坏人的这句"理直气壮"的话噎得无话可说，羞愧地低下了头……从此，傻好人再也难见坏人的踪影，电话号码也成了空号。

常常有人认为，坏人喜欢找坏人交朋友，狼狈为奸。事实上，坏人并不喜欢找坏人交朋友。坏人明白从同类人的身上很难捞到好处，甚至可能偷鸡不成倒蚀一把米。

坏人研究好人比研究坏人要更用心。从好人中筛选出傻好人，傻好人的"菩萨心"和"色盲眼"成了坏人的突破点。因此，坏人更喜欢找傻好人交朋友，在傻好人面前往往是一种伪善。通过伪善获取信任，趁傻好人放松戒备时狠狠地宰他一刀。坏人还利用傻好人的声誉掩盖自己的卑劣行径。

如果全人类都是好人，你做傻好人倒也无妨。问题是一些坏人混在普通人之中，就让傻好人受到伤害。好人上了一次当，就吸取了教训，下次碰到坏人，立刻产生大量"免疫细胞"，提升防范能力。而傻好人缺乏这样的"免疫细胞"，一次次上当受骗之后还是不长记性。我们不是生活在真空中，没有免疫力是寸步难行的。

好人找好人交朋友，能够天长地久；坏人找好人交朋友，只图一时拥有。坏人达到自己的目的，或自己的面目被好人识破之后，他们马上离开这个圈子，寻找另外的好人去行骗。坏人常常说："只要1/10的好人上当，我就发财了。"这1/10的好人大多数是傻好人。

我们不必徒劳地呼吁身边的坏人良心发现，不再欺骗傻好人；我们只能呼吁社会上的傻好人，谨防受骗。

有心插柳柳成荫

电视节目中，主持人采访一位明星，问她是如何成为明星的。她说：“我做梦也没想过当明星，我只想平平淡淡地过一生。一个偶然的机会，我陪一个朋友去参加海选演员的面试，朋友没有通过，导演却看中了我。结果在演艺道路上越走越远，身不由己地变成了明星。”一席话，让台下多少做着明星梦的人嫉妒得眼红。

一位考取名牌大学的学生和我聊天：“上高中时，我是全班最贪玩的学生，一不小心，高考就考了全校第一名。”第一次听到这样的故事，我为别人的幸运和天赋所折服。我不停地抱怨自己太笨，每日勤勤恳恳却没有取得太大的成就。当无数次听到这类“幸运”的故事时，我终于明白什么叫矫情：那不过是成功者拿失败者取乐的一种方式而已。这位大学生受母校邀请做高考经验交流时，他讲述了许多成功背后鲜为人知的故事。例如，在宿舍熄灯后，他还要溜到厕所去复习功课。事实上，他是全校最刻苦的学生之一！

“无心插柳柳成荫”，无心是一种在坦然心态下的努力，是默默无闻地在舞台下苦练出的“寂寞之心”，这种无心是最高境界的一种有心。三北防护林是在国家整体战略下，几代人几十年努力的结果，是苦心经营之后，水到渠成的成功。

有心者不会心浮气躁。规划配上计划，计划配上行动，才能变成坚实的成功脚步。一棵小树要长成参天大树，你需要每天精心地施肥浇水。虽然每天看不到树长高了多少，但仍要坚守这份耐心，这就是心神淡定的态度。

环境变化了，计划要随之调整，但规划是相对稳定的。最多只是对原有规划中的部分环节进行调整，而不是把规划推翻了从头再来。例如，孩子未来的发展，不是等到快填写高考志愿时，才开始考虑专业。女儿文科成绩好，特别是作文写得好，不可能让她上大学时学数学专业，我们给她的定位是文学、法律、管理等文科领域。尽管我们现在还不能预知女儿将来上大学时学什么专业，未来是成为法律工作者还是新闻工作者，抑或专业作家，但文字表达能力一定是她未来赖以生存的基础。我们知道，她有变成鲁迅、冰心的一丁点希望，而变成华罗庚、陈景润之类人物的一丁点希望都没有。你想在某个方面取得成就，必须在这一丁点上执著地挖掘内在的潜能。

有心者活得更从容，能分清事情的轻重缓急。人生规划包括以下四个步骤：第一步是确立自己的人生观，明确自己将来成为怎样的人。第二步是充分评估自己的能力，如何实现自己的人生目标。第三步是制订短期行动计划，分步骤分阶段完成。

有心者成功概率比较高。有人一辈子捡垃圾维生，日复一日，直到有一天走不动了。如果一个人一天的活动可以概括他的一辈子，人生就变得苍白了。精彩的人生不是简单的重复，而是渐进式的叠加。有人先单打独斗捡垃圾，然后组织一群人捡垃圾，再后来成立垃圾回收站，最后建起了垃圾加工厂。坚持不是简单的重复，而是在思考中坚持，在创新中坚持，在渐进中坚持。正如肉眼没有看到太阳的移动，不知不觉，太阳从东边移到了西边，这就是从量变到质变。

有心者为子女做出表率。如果父母没有人生规划，子女容易形成“脚踩西瓜皮，滑到哪里算哪里”的习惯，在事业上不可能有很大的后劲。有一类小孩家庭贫穷、成长环境恶劣，困难磨炼了他们的意志，他们发奋学习；另一类小孩依靠家庭提供的良好教育环境，在家长的帮助引导下取得了好的成绩。前者是不甘现状的进取型，后者是得天独厚的素质型。不管哪种类型，如果他本人没有树立远大的理想，即使他们取得了阶段性的成功，也会被淹没在眼前的成绩里，慢慢变得平庸了。

人活着就得有规划，让自己活得清清楚楚，让自己活得无怨无悔。大到造导弹，小到烤红薯，心中都要有一盘棋。生活的每一天就是一颗棋子，没有合理的规划就可能出现“一着不慎，满盘皆输”的局面。

【第二篇】

生命之火

生命的火种

生命像一束小小的、摇曳在风中的火种。

当你躺在病床上遭受病魔折磨时，你突然觉得自己是何等无能与渺小。你会感觉一口气喘不过来就会死亡。似乎风稍稍大一点儿，就可以把生命的火种扑灭。尽管你还在挣扎着眷恋生命，尽管你与死神争辩：生命的油灯里还剩下不少的油！

医生成了死神的代言人。他不停地找家属谈话，提出一万种可能引起死亡的假设。从家属不断地跑进医生办公室的举动中，从医生在你面前欲言又止的表情中，从探视者并不高明的伪装中，你感受到生命的火种在剧烈地摇晃。你强作镇定，但也心知肚明。当你的每一次心跳、每一次呼吸，甚至每一次眨眼都变成了生死关头的指针，你对生命的无限眷恋成为你与死神在这场豪赌中唯一的筹码。

你是幸运的，你逃过了一劫，最终顽强地活了下来。你以胜利者的姿态昂首走出医院，病魔侵入如猛虎，逃跑如绵羊。几天之后，完全康复的你将生病时制订的健身计划抛在脑后，无数的工作计划与应酬挤掉了所有闲暇；你将生病时自己的渺小抛在脑后，突然间又觉得自己强大无比，好像跺一跺脚，连地球都要被你踩扁似的。身体状况的波动就像开车时不断地踩刹车和油门一样，消耗了生命油灯中的油。某天，当你猛踩生命的油门而躯体却无动于衷的时候，那种没有感觉的感觉叫"死亡"。

珍爱生命，因为它不仅仅属于你自己。上大学时，我曾经义务献了一次血。当看到400毫升鲜血缓缓地流出时，刚满18岁的我，第一次感受到作为公民的责任与伟大。假期回家，进门的第一件事就是把自己的勇敢行为告诉母亲，然后闭上眼睛等待表扬。让我意外的是，母亲暴跳如雷，她骂我这么大的事情为什么不和她商量。母亲的激烈反应，着实吓了我一跳。因为她认为我的身体仍然是她的一部分。我告诉母亲献血于人于己都有好处的时候，母亲也极力赞同我的行为。母亲朴实的观念让我备感母爱的伟大，也体会到珍爱生命的责任——为了所有我爱的人和爱我的人。

珍爱生命，面对险阻要学会从容退步。为了磨炼女儿的意志力，我曾带十岁的女儿徒步攀登华山。山路崎岖陡峭，怪石嶙峋，随着高度的增加，登顶的风险也在不断增大。为了安全起见，我们最终放弃了登顶，原路返回。虽然当时很失望，但回家后我们感悟到在某些时候，退步也是一种进步。

珍爱生命，既不要一味地苟且偷生，也不要做无谓的牺牲。"捐躯赴国难，视死忽如归。"古之先贤，为理想，为信念，为更多人的幸福，可以毫不犹豫地献出自己宝贵的生命，用鲜血谱写国家命运的壮丽篇章。

在危急关头临阵脱逃的“张跑跑”、“李跑跑”之类，社会在批评之余也应多一份谅解。毕竟生命对每个人只有一次，生命面前人人平等。在没有伤害他人的前提下，一个人选择保全自我的行为，公众应该多一分包容与理解。毕竟逃生瞬间处于思想的真空状态。如果事后有一分悔恨与自责也算是不负人性的本质。

生命的火种不仅在于保存，更在于发光发热。舍己救人和舍生取义的行为是让生命一次性发光发热，让生命在历史长河中划出绚丽的彩虹。然而，千钧一发而力挽狂澜的英雄毕竟是少数，普通人想找点波澜壮阔的人生经历还不一定能够遇上。普通的饮食男女过着柴米油盐、家长里短的生活，说来很无聊，但也要放在心中，挂在嘴边。

“匪贵前誉，孰重后歌。”一个人不重视活着时的声誉，却幻想死后得到别人的好评，那就舍本求末了。在浩瀚的宇宙里，或许你只是非常渺小的火种，但只要有人发现了你，你就照亮了一双眼睛。默默无闻的发光者，从事琐碎小事的发热者，这些都是渐进式人生价值的体现，这种容易被人忽视的火种同样值得我们去讴歌、去赞美。

附一篇

自古华山两条路

带着女儿登华山，
女儿达到理性的高度。
旁人却笑话：
“自古华山一条路，

中途退却皆懦夫!”

女儿哭着要上,
不听劝阻:
“你已经达到了今天的巅峰,
前面的路是明天的路。”

自古华山两条路,
前进是一种态度,
回头是一种勇气。
回头,不是简单地逃跑,
是科学的评估,
迂回的进步。

自我哪能盲目超越?
盲目超越可能违反
道德、法律与自然的归宿。
不知道回头的自负,
可能就是不归路。

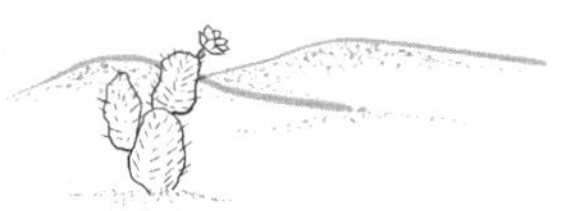

精神家园

美国兰德公司曾预测中国未来的经济走势不容乐观。除了金融风险及人口老龄化之外，他们更多阐述了中国人在信仰、责任、信誉、守法、奉献等方面存在着严重问题。我们可以不相信这个预测的真实性，但这份报告给国人敲响了警钟。

有人感慨，中国人最可怕的是没有信仰。没有信仰就没有了信念，没有了价值观，迷失了方向。诚然，每个人都有迷茫的时候，如果有人说他一辈子没有迷茫过，那一定是假话。人与人之间的区别在于如何看待迷茫，如何走出迷茫。有人在迷茫时会感到苦恼，并开始总结思考。经过短暂迷茫之后找到新航道，迈向新目标。这种迷茫是有价值的迷茫，是黎明前的黑暗，是生命的再升华。

我有过诗人海子一样的梦想：躺在面朝大海、春暖花开的阳台上，一辈子过着晒太阳、闻花香、听鸟鸣、吟诗歌的惬意生活。我曾经真实地给自己营造过这种神仙般的生活：从珠海坐海轮到南海的小岛上度假，刚去的时候兴奋得跳了起来：碧水蓝天，绿树成荫，莺歌燕舞，民风淳朴……这不就是梦寐以求的人间仙境吗？我开始盘算把北京的房子卖了，搬到小岛上定居。与渔民一起出海捕鱼，对酒放歌。但好风景欣赏了三天就厌倦了，每天除了游泳、晒太阳、散步之外，没有其他的事情可做。我突然感觉这个世界与我无关，或许我是这个世界上多余的人。在迷茫之中我开始思考一个人存在的价值。假还没休完，我赶紧逃回到有雾霾、有勾心斗角、有杂事缠身的现实生活之中。在日工作计划、周工作计划、月工作计划的层层压力之下，我拧紧了精神的发条，恢复了上蹿下跳的忙碌生活。或许人就是这么一个“贱货”，需要在不断地折腾中变得充实。我不清楚，海子卧轨自杀，是因为他找不到美景而无奈还是因驻进仙景而无聊。

一个人要出色，需要每天的孜孜以求；一个人想平庸，只需要三天的随波逐流。有人在迷茫时就会自暴自弃，用赌博酗酒的方式麻醉自己，时间长了，也习惯了无所事事的生活，过上一辈子迷茫的生活。

我到澳大利亚做访问学者，曾有幸到澳大利亚的皇冠赌场走一遭。赌场里什么娱乐设施都有，吃喝玩乐一条龙，唯独缺少一件东西——钟表。赌徒走进赌场之后忘记了时间、忘记了底线、忘记了自我。

与物质追求形成鲜明反差的是，我们的思想变得越来越匮乏，心气浮躁而焦虑，不愿意静下心来学习思考。如今这股浮躁之风已经蔓延到社会生活的各个角落，也包括高校。这一病症主要表现为：

第一，不愿意花时间学习，心浮气躁，一篇几百字的文章都没有耐心看下去。原因有两个：一方面，好作品实在太少。这是学术界乃至整个社会需要反思的。以电影为例，一部部好莱坞大片让人百看不厌，这才算大家风范。而国产电影不是絮絮叨叨地直白说教，就是制造空洞的大场面吓唬人。另一方面，公众没有心思读书。我们的耐心只能装得下 10～20 个字的标题性文章，我们的读本只剩下微信朋友圈的几段笑话。十几个字能表述什么内容呢?

第二，不愿意动脑筋学习，稍稍需要思想拐弯的东西就懒得看了。近些年，公众热衷于内容肤浅、情节简单、娱乐搞笑的电视节目。现代社会处在瞬息万变之中，脑袋若不会拐弯，那就只能一头撞上南墙，最后的结果是脑子变成了空心萝卜，空荡荡的。越空虚的脑子越装不进去东西，因为空虚的大脑把有用的精神食粮当成异物排斥掉了。

我赞同生活不需要太严肃，因为我们的工作太累了，需要娱乐节目来消遣。但我们更需要在这些节目中植入思想、植入内涵，娱乐之后还得留下一些有回味价值的东西。精神享受虽然入门的时候有些辛苦，但一旦进入其中，快乐是无穷无尽的。例如，好莱坞影片《美女与野兽》中的经典台词，小说《尼尔斯骑鹅旅行记》中巧妙的情节设计，不仅让小孩，甚至让很多成年人百看不厌，这才是真正的精神上的享受。

物质生活满足之后，摆在我们面前的有两条路：一条路是饱暖之后的淫欲。有些有钱人自以为生活质量很高，吃喝嫖赌，纵色纵欲，挥霍生命，完全活成了一个肉体的空壳。这种人活一辈子与活一天又有什么区别呢? 另一条路是物质满足之后寻求生命的内涵，吸收精神上的营养，营造自己的精神家园。

一分宁静

一位朋友习惯将手机调到震动状态，时不时拿出来看看，以为有人给他打电话，结果仅仅是幻觉，并没有来电。偶尔出现这样的行为倒也正常，如果不停地重复这个动作，可能因为心中少了一分宁静。心因俗事所累，幻觉随心而生。然而，一个人要守住一分宁静，又谈何容易？

宁静，不是静止，不是被动，不是萎靡不振，而是在表面安静的状态下，孕育着一种力量。“行家一出手，便知有没有”，高手过招，从看似平淡的眼神中，内行能体会到其中的功力；棋手对弈，安静而飘逸，悠闲而轻快，行家能看透棋盘上的硝烟弥漫。

宁静的最高境界是用意不用力。用意不用力，是身心合一的一种表现。身体言行皆是心之所想，身心之间没有抵触，没有摩擦，没有损耗。一位画家朋友告诉我，他作画时感受不到画笔的存在，因为他心中早已有了那幅画。画画的过程就是自我欣赏风景的过程。

“心随意转，意随心动”，自有一种水到渠成的泰然洒脱。打太极拳时，放松不是松松垮垮，而是在寻求身心合一的境界。拳手只专注太极拳的美妙意境就可以了，肢体是否放松，动作是否标准，根本不必去刻意理会。抬脚就自然抬起，落下就轻松放下。胳膊的摆动与阴阳相和，随韵律而舞。

用意不用力，是把力用到恰到好处，不用额外的力。正如唱歌，高音部分很多人都唱不上去，于是就声嘶力竭地干吼，这就是用蛮力，结果往往适得其反。歌唱家是三腔共鸣，心乐相通，声音高亢甜美，优雅回旋之中不觉越过了高点。

用意不用力，是一种追求美好生活的表现。我们在悠然闲散中最容易体会到真切的宁静。因为这份宁静，小街的灯火变得浪漫了，寻常的月色变得迷人了；否则，灯火只是或明或暗的影子，月色也不过是忽隐忽现的光团罢了。感觉不到美丽的人，一定不能做到“意境”与“力量”的完美结合。

用意不用力有两种表现形式。第一种是烟灰一般的松散。第二种是钢铁一般的意志。跳水和乒乓球这两个项目是中国的传统体育强项，我国派出去的每一位选手都是超一流的，都有实力拿冠军。但很多人没有拿到冠军，不是能力问题，而是意境问题。但有两位选手达到了用意不用力的意境。第一位是跳水皇后高敏，每一跳之后她都是甜甜的一笑，从她的表情中你是读不出这一跳得了多少分的。她完全沉浸在运动的快乐之中，丝毫没有想赢怕输的浮躁表情。另一位是乒乓球冠军邓亚萍，她的身体条件并没有优势，但对手见到她都会发怵，怵就怵在她那不可战胜的气势。

一个人守住宁静，又谈何容易呢？“树欲静而风不止”，因为生活，我们有燃烧的激情；因为激情，我们有冲天的梦想；因为梦想，我们多了一份烦躁焦虑。在烦躁焦虑之中，我们少了一分感悟，少了一分思考，少了一分历练，少了一分厚重。站在光芒四射的舞台上，我们会欣喜若狂；面对人生的惊涛骇浪，我们会不知所措；成功与失败，我们都不能承载，精神的防波堤变得不堪一击！

是的，人生有太多的无可奈何，太多的身不由己，要做到意随心动是何等之难。诗人席慕蓉写道："其实，岁月一直在消逝。今日的得可能变成明日的失，今日朦胧的幸福可能变成明日朦胧的悲伤。可是，无论如何，我总是认真而努力地生活过了。"不要过于计较得失，也不要太在意悲喜，以出世人的心境，过着入世人的生活。

因为用心，处处都有宁静。"闲云潭影日悠悠，物换星移几度秋？"流水带走了光阴，带走了童年，但明月还在，花儿照开，只是浮躁之人无法聆听到天籁之音。当屏住呼吸、用心去听的时候，你能听到竹子拔节的声音，听到花儿绽放的声音，听到小草从岩缝中破石长出的声音……在聆听花语鸟鸣之中，荡涤一路的尘埃，升华高贵的灵魂。

因为用情，时时都有宁静。"桃花春色暖先开，明媚谁人不看来。"春天的桃花让人体会到浮华喧闹中的宁静；"出淤泥而不染，濯清莲而不妖。"夏天的莲花让人体会到洁身自好中的宁静；"深丛隐孤芳，犹得车清觞"，秋天的菊花让人体会到孤独萧条中的宁静；"墙角数枝梅，凌寒独自开"，冬天的梅花让人体会到逆境严寒中的宁静。

"宠辱不惊，闲看庭前花开花落；去留无意，漫随天外云卷云舒。"宁静，执著后的从容，失败时的淡定。宁静，喧哗嘈杂中的宁静，战火纷飞中的宁静，逆境悲伤中的宁静，鲜花掌声中的宁静……

思想的毛毛虫

在一次拓展训练课中，30 位学员做一个游戏。从 A 点到 B 点，你可以选择任何到达的方式，但不能与前面学员做过的动作相同，否则这一关就不能通过。结果，学员们有单腿跳过去的，有倒立过去的，有倒退过去的，有翻跟斗过去的，有横着爬过去的，有打着滚过去的……30 位学员，30 种截然不同的动作，这个游戏让大家感慨找回了些许创造力。

熟能生巧，描绘了工匠手工操作的内在规律。思想创新不是工匠的操作，仅凭熟练是不能生巧的。思想不是简单地重复，而是一种与众不同的创造，只有用心才能生巧。

生活处处皆文章，思想的火花犹如天空的闪电，稍纵即逝。别人的话或许会给你某种灵感，或许让你对过去的经历多了一分感悟。只要有感悟，就要学会做笔记。你可以悄悄记在手机里，或把关键词记在脑海里。不要虚张声势要纸要笔：“我要做笔记了，你们看我多爱学习，多会学习！”把说话者的灵感打断了。很多人常在不经意之间得到灵感，如果你让他正儿八经地上讲台，他反倒什么都说不出来了。

别人的话，一定有他的道理。与别人交流时，你难免会对别人的观点有不认同、不理解的地方，甚至会出现思想上的碰撞。这种碰撞正是你即将突破固有的思想框架、获得创造力的前兆。这时候你不应简单粗鲁地否定别人的观点，而应该虚心地询问别人，弄清别人产生这种思想的背景，分析他为什么会有这样的想法。听不进不同意见，思想上刀枪不入的人是不可能进步的。思想的创造并不是无中生有，而是以别人的思想为基础，升华到更高的理论高度。

思想需要碰撞，碰撞能产生新思想。但不能把碰撞简单地理解为骂街。见到不顺眼的东西就开骂，骂得越狠毒就越有号召力，网络点击转载的机会就会越多，跟着起哄看热闹的人就越多，名气也就越大，这个招数已经成为出名的捷径。骂人最狠毒的人，谁也不敢惹了，于是就变成了权威。这样不利于思想的升华，反而容易出现思想上的搅局，引起思想混乱。

全盘排斥别人的思想，不利于形成自己的思想。全盘借用别人的思想，也不能变成自己的思想。分解、消化、补充、融合别人的思想，才能创造出新的思想。吸收别人的思想变成自己的思想，是一个化学反应，不是简单地复制粘贴，东拼西凑。

有些人一辈子读了很多书，却永远成不了有思想的人，因为他的大脑里缺乏一种吸收别人思想的消化酶，最后导致他人的思想在自己的脑海里打仗，让自己变得神经兮兮了，自己的脑袋没有成为思想的加工厂，而是成了思想的垃圾堆。“读万卷书”不一定能“行万里路”，关键看你如何把“书”与“路”结合到一起。

有些人一辈子没有读过太多书，但他每天结合自己读过的东西，在现实生活中去思考、总结。有限的几本书就像酿酒的酵母一样，不断地发酵产生无数的思想酵酶。这种人碰到什么事都能一套一套地谈出自己的见地，这才不失为思想上的创造者。“行万里路”不一定要“读万卷书”，关键是要看你读透了几本书。

思想的创造没有止境。有时我写了一篇文章，当时自以为好到了极致，甚至担心以后再也写不出类似的好文章，担心自己“江郎才尽”。一年之后，我再把这篇“好文章”拿出来欣赏，却发现其实非常平庸。我把自己多年的文章拿出来对照，发现文章质量每半年就会上升一个层次，自以为是的“极致”不过是前进过程中的一个小驿站。

新思想就像毛毛虫一样，每当夜深人静的时候，突然间不知从哪儿冒出来了，我会用事先准备好的“捕虫工具”——本子、笔，把它们一一捕获。原想今天抓捕到了这么多“毛毛虫”，应该赶尽杀绝了，明天应该不会有太多的“毛毛虫”。第二天，我惊奇地发现，“毛毛虫”更多了。物品是越取越少，思想的“毛毛虫”是越抓越多。

你有一个苹果，我有一个苹果，互换之后，仍然是一人一个苹果；你有一种思想，我有一种思想，交流之后，每人都有了两种思想。交流得越多，灵感的“毛毛虫”就会越多。用笔当夹子，以本子为笼子，一起去抓“毛毛虫”，看看谁抓到的“毛毛虫”更多。

好文章是抽搐出来的

写文章就像母鸡孵小鸡一样，是个精细活儿。首先要注意观察生活细节，收集素材，没有蛋，再能干的母鸡也是孵不出小鸡的。除了有一个合格的蛋，还要有适宜的环境，孵蛋的母鸡是一只最讲情调的鸡。我的日常生活很随便，但对创作环境的要求却相当苛刻。

很静。白天的所见所闻，晚上酿成所悟所感。出差住酒店，如果偶尔有敲门声和电话声，一向平静的我会狠狠地吼上几句。谁要和我的灵感过不去，我就和谁过不去。平时在家里，我的妻儿看到我躺在床上，目光呆滞地盯着天花板，便不敢吱声了，她们知道我正在"孵小鸡"。静是怎样的状态呢？我能听到自己的血液在血管中嗡嗡地流动，能听到上帝的呼吸声。我感觉不到世界的存在，只有那只思想的小精灵在我的脑海里跳舞。

很暗。灵感像幽灵，在黑暗中就会偷偷溜出来，如果突然开灯就把它吓跑了。这种暗不是那种伸手不见五指的恐怖的黑暗，而是没有直射明光的淡暗，是一种祥和的暗。当"幽灵"出现的时候，我不用开灯，不动声色地拿起床头的纸和笔，以迅雷不及掩耳之势将它捉拿归案，从来没有哪个幽灵能从我的眼皮底下逃脱。如果我去干公安，将是一名多么优秀的警察啊！时间长了，我在昏暗状态下写的字，比在灯光下写的字要漂亮得多。

很平卧。平卧之前加了一个“很”字，虽然文法欠妥，但意境很贴切。头部不用垫枕头，把枕头挪到脚下垫着，这就是头重脚轻，让血液充分回流到大脑。全身的灵感细胞一起冲向大脑，去庆祝一篇优秀作品的诞生。

很疯狂。写完文章之后，我一定很疯狂，疯狂的程度视文章的质量而定。如果这篇文章的质量还过得去，我会自恋地读上十几遍；如果这篇文章比较好，我会兴奋地在床上抽搐半个小时；如果写了一篇非常棒的文章，我会疯狂地从床上跳起来，连做几个前滚翻。有一次不小心，我从床上直接翻到了地上，摔得鲜血直流，腿上留下了疤痕。

第二天起床，拿出昨夜的大作还要做大量修改，每修改一处就抽搐一次；半月之后，再拿出来做精加工，这次显然已经很平静了，看不见肌肉的抽搐，事实上这是抽搐的最高境界——心灵的抽搐。

出书之后，一位读者给我发邮件：“潘老师，我读了您的文章，好激动！激动得抽搐了！”我给这位读者回邮件：“祝贺你，你读懂了我的文章！”

有人问我：“难道写出佳作的人都抽搐过吗？”答案是肯定的。只是他们没有我实在，抽搐之后就不认账了，搪塞说：“隐私！”

难道鼻子不能像樱桃吗？

我曾带十岁的女儿到乡村去采摘樱桃。正值夕阳西下的时候，我从侧面看着女儿快乐的剪影，感觉女儿的鼻子与我手中的樱桃特别像。我顺口说了一句："妞妞，你的鼻子好像樱桃！"女儿不高兴地说："爸爸，你是在夸我漂亮，还是说我长得丑？老师让我们写作文时形容嘴巴像樱桃，从来没说过鼻子像樱桃啊！"

女儿的话让我很惭愧，我小时候住在偏远的农村，没有接受过正规的小学教育，才犯了如此低级的错误。小时候，不仅我没有见过樱桃，我的老师也从没有见过樱桃，写作文时，只知道说"小嘴巴或大嘴巴"之类。

我的女儿在北京重点小学上学，接受了规范的作文教育，老师把作文编成了"作文公式"。例如，"美女公式"是："柳叶眉，樱桃嘴；长长的脖子，细细的腿……"小学生写作文就像做填空题，把"小明"换成"小芳"，把"短发"换成了"一头秀发"，衣服就不用换了，男女都一样，上绿下白的校服（绿色代表生命，白色代表纯洁）。又如，形容心情激动，全班的作文都是一句话：“像一只小鹿在胸中撞动。”如果写成了小猪、小兔、小狗撞动，那就是用词不当，扣3分。如果把心情描写为“像雾像云又像风”，那就成了文法错误，直接贬为零分作文。小学老师告诉我：“这样便于阅卷评分时统一标准，体现公平。”

但是，女儿的鼻子在风中被吹得红红的，确实像一颗小樱桃。我不知道是樱桃的错，还是鼻子的错；是我的错，还是老师的错。总之，女儿没有错，孩子是无辜的。

我不幸自己没有接受过正规教育，万幸自己没有接受过正规教育。中国教育是机械性思维、惯性思维、惰性思维的源泉。这样造成了一种现象：中国学生比其他国家的学生学得苦得多，分数高得多，成就却小得多。澳大利亚的小学生都没有课本，小学主要是做游戏或做手工，但仅仅墨尔本大学就有五名学者获得过诺贝尔奖。中国幼儿教育的苦心耕耘，收获的却是如此之小的果实！可想而知，不是种子的问题，而是土壤的问题。

机械性思维是一种没有经过自己大脑思考的无意识反应，是思维训练之后形成的条件反射。当马戏团的训练师写出“1＋1”算式的时候，猴子从盒子里拿出了两个山桃。观众都欢呼猴子会做数学题了，还有人天真地想象，猴子总有一天会参加全国奥林匹克数学竞赛，甚至拿到好名次。事实上，猴子根本不懂什么叫数学，它拿出两个山桃，是因为它每天的早餐都是两个山桃。为什么是两个山桃，它也不清楚，动物园就是这么规定的。

鲁迅先生说过：“世上本没有路，走的人多了，也便成了路。”当今时代，世界上到处都是路，走的人多了，反倒没有路，因为塞车了。

世界上最伟大的创造是生命的诞生，如婴儿呱呱落地，小鸡脱壳而出，这是美妙的创造、突破之中产生了生命。思想的生命在于突破机械的框架。

惯性思维的基本逻辑是：过去是这样的，别人也是这样的，我也习惯了这样，所以我今天必须这样。一位哲学系的学生给我讲了一则笑话：六位同乡大学生，假期一起买票回家。其中，三位是工程系的同学，三位是哲学系的同学。三位工程系同学各买了一张火车票，三位哲学系同学却只买了一张火车票。工程系的学生感到好奇，也不好意思多问。检票员过来了，三位哲学系的学生赶紧钻进同一间厕所，列车员经过厕所时，顺手敲门："查票，查票，上厕所的同志请把票递出来！"只见厕所门开了一条小缝，递出了一张火车票。三位工程系的学生心领神会地笑了。返校的时候，六位学生再度结伴同行。三位工程系的学生也学会了这一招，他们只买了一张火车票。但他们惊奇地发现，三位哲学系的学生居然一张票也不买。检票员过来了，三位工程系的学生钻进了同一间厕所，哲学系的学生也跟在后面，只见一位哲学系学生在厕所边大声叫道："检票，检票！"只见厕所门开了一条小缝，递出一张火车票。哲学系的三位学生接过票后，钻进了对面的厕所……照着别人的方式去实践，叫"学以致用"；在外部条件发生变化的情况下，变通地运用别人的经验，叫"活学活用"。同样一本书，有人把书读死了，有人把书读活了。

惰性思维是思想上的懒汉，碰到问题，懒得动脑筋，稳字当头，把"稳"当成了因循守旧的挡箭牌。每天按部就班地工作，领导不过问、不督促，就会无限期地往后拖。领导踢他一脚，他就往前挪一步。幻想今天把鸡毛掸子放进鸡笼里，明天就能变出一笼子山鸡。

在澳大利亚做学术交流的日子里，我对酒店的椅子很不满意，后背很硬，直挺挺地坐着，脊柱都快僵硬了。等到回国的前一天，低头收拾行李，突然发现椅子下面有两个按钮。我转动按钮，惊奇地发现椅子设计得非常智能化，硬软、前后、上下都是可调节的。我之所以一直没有发现椅子是可调节的，主要有三方面的原因：第一，在中国，这类椅子都是不可调节的；第二，中国可调节的椅子，按钮都在右手下方；第三，在国内，按钮一般是手柄形状。除了抱怨之外，我从来没有低头检查过椅子，一分钟的惰性却让我受了一个多月的“洋罪”。

知识不一定都能成为力量。知识就像沉睡在地下的石油，仅仅是一种能源。我们不去开采它、提炼它，不把它放到高温的气缸中，它是不会释放出能量的。思想如石油，只有被激活之后才能变成服务社会的能量。

机械性思维是思想上的简单重复，惯性思维是一条思想上的直线，惰性思维是思想上的原地踏步。教育不应该给学生提供一个密不透风的小水池，而应该是一个无边无际的大海。我们不能用一个标准来禁锢学生的思想，因为很多事情“没有最好，只有更好”。西方哲学家亚里士多德说过：教师的力量是无穷无尽的，因为教师的教义可以被学生无限升华和无限放大。关键在于我们的教育模式要给学生升华和放大的空间。

不要因为别人都说“樱桃小嘴”，我们就没有勇气说“樱桃鼻子”。当你看到鼻子像樱桃时，请勇敢地说出来。让我们争做《皇帝的新装》中的那个小孩，或许你的想法在普通人眼中只是一个愚蠢的想法，但正是因为这个“愚蠢的想法”，你会一鸣惊人，甚至改变整个世界！

慎独

一个人独处的时候，他的行为要谨慎不苟。慎独包括慎始、慎终、慎权、慎欲、慎内、慎友、慎微、慎言、慎断、慎威。慎独，始见于《礼记·中庸》：“莫见乎隐，莫显乎微，故君子慎其独也。”意思是说，在最隐蔽的言行上看出一个人的思想，在最细微的事情上显示一个人的品质。因此，品德高尚的人即便在独处时也要做到谨言慎行，不做愧对良心的事情。

在实际生活中要做到慎独，不可小觑生命中的“第一次”。第一道防线被冲破了，往往会一泻千里，一发不可收拾。一，表面上看是最小的数字，事实上是最大的数字，因为它是量变之始，质变之源。凡事没有一步之错，就不会生出日后的种种错误。守“一”并非易事，它貌似轻微，却往往会使人掉以轻心，酿成大错。一位好友从小就立下“杜绝第一支香烟”的座右铭。他参加同学聚会时，主持人要求所有在场的人吸烟，包括在场的女士都纷纷点烟。如果他直接拒绝吸烟，就会被同学骂为不助兴、不捧场、摆架子之类。他找到一位有威信的同学出面解释，赢得了同学的谅解。这种处事方式，既给了主持人面子，又杜绝了“一”的发生。很多烟民甚至吸毒者都是在聚会时碍于面子而不幸成了瘾君子。可见，慎独是一种力量，一种勇气，更是一种智慧。

慎独要有强烈的是非观，自己坚持的唯有真善美的东西，才具有慎独的价值。孔子说：“见贤思齐焉，见不贤而内自省也。”春秋时候，卫国国君卫灵公与夫人夜间坐在院子里闲聊，忽然听到宫外车声辚辚，车快行进到宫殿门前的时候，声音就戛然而止了。过了一会儿，他们才听到辚辚车声渐渐远去。卫灵公问：“你能猜出门外乘车而过的是谁吗？”夫人答道：“想必是蘧伯玉。”按照君臣之礼，经过君王门前应该下车徒步，大臣们在白天都会遵守这一规定，夜间就没有谁具备这么高的自觉性了。蘧伯玉是卫国有名的贤大夫，仁义而聪慧，事奉国君谨小慎微，这样的人“必不以暗昧废礼”。因此，夫人断定这个在黑夜里还恪守礼节的人一定是蘧伯玉。第二天，卫灵公派人去核实，果然不出夫人所料。

慎独不是做做样子，一个人欺骗别人就是在欺骗自己。我到基督教堂去参观，现场看到一位信徒行色匆匆地跑进来。他坐下后在胸前画了个十字，马上拿出一本《圣经》，随便翻开读了不到十秒钟，合上书匆匆而去。这个信徒或许有燃眉之急有求于神，所以才有上述行为。但求神也不能这么急功近利啊！这还真是应了中国那句“临时抱佛脚”的古话。古代昌邑官员王密深夜带钱财去拜访杨震，并说：“暮夜无知者。”杨震义正辞严地拒绝道：“天知、地知、我知、子知，何谓无知？”

慎独仅仅靠克制是不够的，消除内心的贪欲才能得到釜底抽薪的效果。某单位的正职因贪污被“双规”了，副职晋级当上了正职。除了升迁的欣喜之外，他还多了一份焦虑，嘴巴不停地哆嗦：“不该拿的钱不能拿，不该拿的钱不能拿。”从他不停地念叨之中，我反而为这位官员捏了一把汗。哆嗦是他内心的恐慌与贪欲搏斗的表现。面对上司刚刚被抓的威慑力，他在短期内可能克制自己。但随着恐惧感逐渐淡化，贪欲将如洪水般卷土而来。普通人可能没有那么强的自制力，这时需要法律与制度为慎独保驾护航。例如，在西方发达国家，乘客乘车购票完全凭自觉，没有中国地铁的出入口检票关卡。偶尔见到突击查票人员，但极少有恶意逃票的乘客。发达国家完善的法律体系为良好的社会风气提供了保障。一次逃票被抓了，罚金是十年逃票所得到的好处。大家也能做到慎独，尽管这种慎独是被动的。虽然“乱世必用重典”的年代已经远去了，但现代社会的和谐依然需要法律来保驾护航。

如果出现了一闪而过的邪念，你可以找一个正直的人交流以消除邪念，可以找个健康的方式转移注意力，可以到人多的地方去走一走，晒晒太阳以杀灭心灵上的霉菌……当无法坚守慎独的时候，只能寻求非慎独的方式来解决问题。

你不要担心自己的慎独没人知道，自己的美德白费了，自己变成了无名英雄。放心吧！你的慎独上帝会知道，这个上帝就住在你的心中。在这个世界上，有些人是活给别人看的，有些人是活给自己品味的。

社会公德

有人把城市广场上的草坪切成小块后移植到自己的院子里，自己的小院子倒是美了，广场上的草坪却变得千疮百孔。一万平方米的草坪广场没法养眼，它不是风景；铺到自家院子里的一平方米的草坪立刻变成了风景。某市有一个著名的泉眼，很多居民到泉眼取水泡茶，有人却在泉眼里泡脚治疗脚气，这种行为遭到了大家的谴责。后来有人报复公众的批评，直接把大便解到了泉眼里……

有人对自己的子女进行自私、狡猾、凶狠等全方位的“缺德”教育，他们认为这个世界太险恶了，如果不把自己的子女教育得凶狠一些，孩子就会吃亏……几千年的传统儒家思想教育，几十年的现代思想道德教育，成效并不显著。少数人不断地突破人类道德底线，这类人的思想就像经济大萧条时期的股市一样，不断地向下探底，这种探底就像掉进了万丈深渊，永远看不到触底反弹的那一天。

营造良好的社会公德氛围，需要把握以下三个环节：

第一，公职人员和知名人士应该举起社会公德的大旗。

社会公德的建立需要公职人员、学术界、文艺界等知名人士做好正确的导向，引领良好的社会道德风尚，给普通百姓做出表率。例如，市长是城市的道德旗手，如果市长滥用职权，为所欲为，就别指望这座城市有一个良好的民风。

媒体曾报道，在北京任职的某处长带家属回老家探亲，县长全程陪同、道路戒严、警车开道，家庭举行盛大的祭祖仪式，大宴宾客，全县轰动，其奢华程度可以与汉高祖衣锦还乡相媲美。北京处级以上干部那么多，如果个个都是这副德行，将做出怎样的价值导向呢？如果全国的处级干部都效仿，中国官员在老百姓心目中又是何等的形象呢？“你是在替党说话，还是在替老百姓说话？”郑州市规划局副局长一语惊人，刺伤了民众的心，映射了部分官员道德沦丧的现状。

在一家医院，我看到一位护士长带熟人到专家门诊插队看病，当排队病人提出质疑的时候，护士长大言不惭地说：“我事先给专家打过电话排队了。”医生也帮腔撒谎。现场的人都知道他们在撒谎，但撒谎者却面不改色心不跳，这在国内很多地方似乎变成了“常态”。这种“常态”映射的正是社会公众对于道德观念的渐渐麻木与漠视。社会的发展，远不能以年年攀升的 GDP 作为唯一指标。楼房再高，道路再宽，也无法填补道德缺失的空白。

第二，法律是维护社会公德的尚方宝剑。

在首都机场，有一个不按规则横穿马路的人，被车碰了一下，根本没受多大的伤，却躺在车前不肯起来。司机报了警，警察来了，救护车也来了，这个人死死地赖在地上。他厚颜无耻地说：“我不想在北京的医院治疗，你给我两千块钱，我想回到我们当地医院去看病。”这起纠纷导致马路上的车塞了几公里，司机只得自认倒霉，给钱了事。躺在地上的人抓过钱，从地上一跳而起，跃过马路边的栏杆，瞬间消失在夜色之中……只有让违反社会公德的人付出十倍乃至百倍以上的代价，而不是让他从中尝到甜头，才能让更多抱有侥幸心态的人望而却步。

中国医患关系紧张，也是根源于社会公德的又一个难以治愈之症。由于医患双方严重的信息不对等，导致法律保障犹如纸上谈兵。从医院方面讲，我至今还没有听说哪家医院自我检查出漏洞之后，主动给予患者赔偿。中央电视台报道，北京某医院把自己医院的员工治死了，居然还修改病历，逃避责任。无独有偶，某市职业病防治所与企业一起造假，以便让企业逃避责任，避免对染上尘肺的员工赔款。该村民被逼无奈做出了轰动全国的壮举——开胸验肺。从病人方面讲，部分患者家属也确实是见钱眼开，无耻之极，根本不顾医生过去对病人的精心治疗及辛勤工作，即使是正常死亡，也要聚众闹事。家属清楚“大闹大赔、小闹小赔、不闹不赔”的铁定律，所谓法律与道德，统统给我见鬼去吧！由此可见，脱离法律保障的社会公德体系建设，只能是一种美好的幻觉。

第三，每位公民都应该是社会大学堂里的老师。

每个公民都有权利和义务去维护道德体系。正义之声是维护道德体系的一剂良方。如果公众对违反社会公德的行为视而不见，就会助长这股歪风邪气的蔓延。有一次，我带研究生到农村做入户调查，刚好遇见一位在城里以捡垃圾为生的村民回村办事。一群村民围着他，听他讲在城里的“发财之道”。该村民手舞足蹈地描述自己收垃圾时顺手牵羊的“传奇故事”：“在一个郊区工地上，一个老头刚刚用炭炉在门前煮了一锅饭，我趁老头回房间去的工夫，把他刚刚煮好的饭倒在地上，拿着铝锅跑掉了。一群鸡鸭跑过去吃米饭，热饭差点把它们烫死!”现场的村民都听得哈哈大笑，包括在场的老年人、村干部，都钦佩不已，啧啧称赞他“有勇有谋”，现场竟没有一位村民对他的行为表示愤慨。村干部、老年人是农村道德的风向标，是这所道德大学里的权威老师，结果却做出怎样的道德导向呢？新农村建设不是盖了几座高楼，铺了几条马路就算完事的，思想上的败落是整治的关键所在。

有一次，我在新加坡机场转机。在排队等候更换登机牌时，站在我前面的一位华人，看到他前面的乘客即将办完手续就马上冲了过去。机场工作人员礼貌而又严肃地教育这位同胞，并坚决要求他重新回到一米线外等候。虽然他满脸不高兴，但也不得不遵从，因为这位满脸横肉的同胞知道新加坡鞭刑的厉害。某国公民因触犯法律需要处以鞭刑，国家元首出面求情都没有让他幸免于难。如果是在国内机场，他很可能因担心失去面子，拒绝退回一米线外，甚至大吵大闹。

一个时代需要正确的主旋律，一座城市需要良好的民俗民风，一个组织需要优秀的文化导向。例如，某地区竟挑选当地流氓地痞担任乡镇干部，该县的县长告诉我：“这些人有魄力，群众都怕他们，便于维持地方秩序，这叫‘以恶制恶’。”的确，这帮人上任之后，长期拆迁不了的房子拆掉了，农村的超生现象也遏制住了，他们采取的是威胁、恫吓、暴力等手段，导致整个社会环境恶化，社会公德扭曲。

诚然，公民需要个性的展示及适度的自由，以促成百花齐放、百家争鸣的局面。但个性的展示不是损害他人的权利和自由、违背道德及法律规范的胡作非为。

感恩

感恩，一个人与生俱来的本性，不可磨灭的良知，人格健全的表现。

在我们的一生之中，随处都会产生令人动容的感恩之事。既有为我们指点迷津的导师，又有无私奉献的至亲至爱；既有提供举手之劳帮助的陌生人，也有提供生活便利的朋友。每天清晨起床，默默地感激已有的生活，感激所有爱我的人，感激那些给予我帮助的人。

某市工会曾组织企业家捐款资助贫困大学生。五名学生受到一年多的资助，除了定期领取汇款之外，他们没有主动地给企业家打过一个电话、写过一封信。受助大学生如此冷漠，让政府和企业家感到心寒，政府决定取消对这五名学生的资助。另有一名企业家资助同乡某贫困学生的学费和生活费。学生给企业家写信，既不汇报自己的学习情况，也没有一句感谢的话，通篇只是谈自己家庭条件差，在学校钱不够花，暗示企业家加大资助力度。

“滴水之恩，当涌泉相报。”从呱呱坠地的婴儿成长为社会的栋梁，父母付出了多少汗水，老师付出了多少心血，朋友给予了多大的帮助，社会提供了怎样的平台。有人求别人帮忙时一天几个电话，不怕给别人找麻烦；事后再也不见踪影，仿佛从地球上消失了一样。更有甚者，过河拆桥，恩将仇报。

某教授对自己指导的研究生就像对待自己的孩子一样，生活学习方面给予尽可能的帮助。临近毕业时，研究生的妈妈给老师打电话："我们工作忙，平时也没时间到学校拜访您。您和某单位的领导比较熟悉，我女儿梦寐以求的就是去这家单位工作，麻烦老师帮我的女儿打个招呼吧。"这位学生的家长也在北京工作，离学校只有咫尺之遥，在女儿三年学习中第一次也是唯一一次主动给老师打电话。面试那天，教授早晨七点赶到了那家用人单位，亲自帮助研究生递送简历，向领导介绍学生的在校情况。在教授的铺垫工作全部做好之后，该研究生上午十点赶到单位参加面试，并与该单位顺利签约。

签约半个月之后就是春节，教授给研究生的妈妈打电话："您春节期间最好带女儿到领导家拜个年，表达一下感激之情。"她的妈妈接电话时再也没有找工作求人的那份热情劲了，她漫不经心地敷衍道："等女儿8月上班时再说吧！我现在正在开会，不方便接电话。"教授无奈之下只好自己提着大包小包，代替这位学生给用人单位的领导拜年去了。中国的经济发展到今天，你拎两瓶酒给别人拜年，别人让你进门就是极度地给你面子。拜年前要预约，去时因路线不熟悉反复电话询问，去之后还要喝茶寒暄……付出的精力时间远远不止两瓶酒了。但人与人之间的交往也不是赤裸裸的物质交换，相互走动，互赠一点小礼品，传递的是情感。

第二年4月，该学生没有和教授打招呼又与另外一家单位签约了，给教授来了个措手不及。教授只好厚着脸皮到原来打过招呼的单位处理违约的善后事宜。这位学生毕业之后再也没有和老师联系了。虽然也在北京工作，却杳无音讯，好像从地球上消失了一样。她从大家视线中消失，或许是她认为自己擅自毁约，不好意思见老师同学；或许她认为与这批老师同学的交易结束了，没有交往的必要了。

有人责怪教授："你是怎么教育学生的？三年下来，为什么这个学生连这点待人接物的基本常识都没学会？"教授委屈地说："父母是子女的第一教师。二十多年形成的价值观和道德观，不可能在三年之内完全转变。"这件事情当然也不能完全归咎于学生，因为真正的幕后主导是她的妈妈。由此可见，有一个健全的人格比考取北京大学要重要得多。

受恩者不能忘恩负义，施恩者也不能像放债一样贪图回报，否则就成为"伪善"。"赵匡胤千里送京娘"之所以成了千古佳话，是因为赵匡胤救人于危难之间，不带有任何个人目的。尽管这位学生的做法让人心寒，教授也不能因噎废食，减少对其他学生的关爱，因为关爱学生是老师的应尽之责。

感恩之心是健康心灵的阳光雨露，连感恩都不知晓的人必定拥有一颗冷酷绝情的心。无论你是何等的尊贵或卑微，无论你生活在何地何处，无论你有着怎样特别的人生经历，只要你怀着一颗感恩的心，随之涌现出来的是温暖自信、善良坚定的美好品德。自然而然，你的生活中就多了一处动人的风景。我们在给自己营造风景的同时，也给亲人朋友营造了风景。

我们要由衷地感谢别人提供的教育、帮助、引导及生活平台，感谢别人给予我们一段人生经历。哪怕只是一段不愉快的经历，也一定会在我们未来人生道路上埋下一块不可或缺的基石。

感恩并不是报恩，因为恩泽是无法等量回报的。电视剧中有一句错误的台词在不断地传播："你过去救过我的命，我今天也救了你，咱们两清了。下次再让我碰到你，我就把你杀掉!"恩情并不可能等量计算之后一笔勾销，唯有用纯真的心去铭记，才能真正对得起施恩的人。

有两种错误的感恩方式：一种是平时我们常说的"大恩不言谢"，只要我心里记住他就够了，何必要表达出来呢？另一种是嘴巴说着感恩，但心里毫无感恩之情。口头上的敷衍仅仅为了将来得到更多的好处。真正的感恩是发于心、出于口、见于行的高度统一。

如果你觉得没有谁值得你感谢的时候，你随便想一想，你就会发现在你的生命中曾经有过几十个、几百个给你提供帮助的人。那么，我们应该如何来表达感恩之情呢？

一张小小的纸条。如果别人向你寄来一封表达谢意的邮件，你一定会很开心吧？当你表达谢意时，并不需要文绉绉的商务礼节套路。过度的客套反而拒人于千里之外，一张小小的卡片、简短而真挚的几句话，反而能温暖到人的心底。

一个小小的动作。拍背、握手、拥抱……肢体接触能够传递真情的电波。

一点小小的善意。留心一下对方喜欢什么，需要什么，然后想办法主动为对方做点什么。在生日聚会上、酒会上、博客上表达你的感激之情。

一份小小的礼物。在特殊的时间，给帮助你的人送上一份小小的礼品，或者通过快递公司寄去一束鲜花，给提供过帮助的人一个意外的惊喜，一份特别的感动。

我们还要学会对有心无力的人心怀感激。当我们去求别人的时候，首先自己要摆正心态：别人不帮我们那是意料之中的事情，别人也有别人的事，别人凭什么要帮我们呢？如果别人帮了我们，那是意料之外的事情，我们就要心怀感激。如果别人有帮助我们的愿望，因条件能力有限无法达到我们的期望值，我们更要心存感激，不要因为别人无能为力而怀恨在心。

落叶在秋风中盘旋，谱写着一曲感恩的乐章，那是小树对大地书写的感恩诗篇；白云在天空中飘荡，绘出一片灵动的蔚蓝，那是白云为蓝天描绘的感恩画卷。因为感恩，才会有至真至美的友情。因为感恩，才会有多姿多彩的世界。

给自己留白

“留白”，指在艺术作品中有意识地给读者留下一些想象的空间，如一幅画留下很多空白的地方，给欣赏者留下想象的空间，或者文学作品中对情节叙述点到为止，给读者留下悬念。

艺术大师都是留白的高手。南宋画家马远曾作过一幅名画——《寒江独钓图》。在创作中，作者可谓惜墨如金，一叶扁舟，一渔翁垂钓而已，整幅画没有画一滴水，却留下一大片的空白，正是这片空白让人感到烟波浩渺，碧水连天。小画框里装下了一个世界，正所谓“虚实相生，无画处皆成妙境”。

诗仙李白常常采用留白的手法，把诗歌推到了“仙境”。如在《黄鹤楼送孟浩然之广陵》中写道“孤帆远影碧空尽，唯见长江天际流”，在这两句诗中，“孤”、“远”、“尽”、“唯”、“天际”都是非常传神的留白。诗人在黄鹤楼为友人饯行，看到友人乘坐的船挂起风帆，渐行渐远，只剩下一点影子，最后连寄托诗人无限情谊的小影也消失于天地之间……表面上是写景诗，通过留白表现了作者含吐不露、欲说还休的离别惆怅。

艺术创作可以如此，我们的生活同样可以如此。也许很少有人可以将艺术创作与生活关联起来，但事实上生活也可以过得“很艺术”，这取决于生活中的留白手法。

有一次，我有急事从南昌赶往河北的霸州市，因霸州火车站是一个小站，只有一列慢车路过这里，我别无选择。这列破旧不堪的火车，可以称为火车中的“老爷车”，其运行速度可想而知。火车逢站必停，像一个小脚老太太一样，慢悠悠地缓慢前行。火车的窗户是可以打开的，车厢里还装有吱吱作响的电风扇。票价也是出奇的便宜，从南到北纵穿几个省，仅需要 100 多块钱。车厢里大都是农民工，他们光着膀子，喝着啤酒，打着扑克，扯着嗓子乱喊，吵得人有些心烦，空气里弥漫着酒气和汗味、霉味……

我不由自主地看手表。火车却像故意和我作对似的，我越着急，火车走得越慢。我无数次后悔自己没有搭乘从南昌飞往北京的航班，再绕到霸州。后悔又有什么用呢？我尽可能让自己的心情慢慢平静下来。

我坐在窗边的座位上，漫无目的地望着窗外。猛然间发现 5 月的大自然如此生机盎然，一片片绿色的原野，一座座起伏的丘陵，几点农舍散落其间。几片浮云掠过，好一副别样的田园画卷。我轻轻闭上双眼，感受着窗外泥土的芬芳，也渐渐放下了连日来的疲惫。每小时 70 公里的列车时速，正好是饱览风景的旅游速度。我不再急躁，与高速列车的“现代化狂奔”相比，我反而更加珍惜这次行程。多年以来，忙忙碌碌地打拼着，很少，也不允许自己有时间这样清闲，不用开电脑、不用上网、没有书可读、不想与人交流，暂时脱离开“忙碌的现代社会”，一个人静静地享受这十几个小时的旅程。漫无边际地胡思乱想……此时此境，不正是我人生中的一次留白吗？竟在无意间让我掌握了个中妙法，我终于可以静下心来思考平时没时间思考的问题。原以为耽误不起的几个小时确实耽误了，但对事情没有造成太大的影响，地球照样旋转，阳光依旧明媚，事情也水到渠成。

这十几个小时的思考为我未来的事业带来了更多新的设想，为人生带来了更多新的感悟。“忙”不一定是好事，对有些人来讲，“忙”是一种病，一种传染病。有些人每天都很忙，忙得没时间思考，心浮气躁。忙了一辈子，累得喘不过气来，回首往事，竟然发现自己练了一辈子的原地折返跑。你说，是冤还是不冤？

有些人每天都在奋斗，每天都要想把事业做得更大，不断地给自己增加负荷，结果却适得其反。人生要会做加法，更要学会做减法。人生做加法是一种惯性，一不小心，就开始了奔波，开始了加法式的生活。做减法需要勇气，特别是主动地做减法，而不是被生活所迫无奈地做减法。

为了艺术地生活，人要像树木一样。夏天，阳光雨露的时候尽情地绽放，冬天，冰天雪地的时候还要学会枯萎，甚至剪掉旁枝，为来年一个绚烂的绽放的春天……

向善的报酬

我受邀到一家电子厂做员工培训。该厂老板是一位为人善良、厚道朴实、品行正派的人，让我去培训的题目是“做一个善良的人”。这类主题无非是讲一些个人品德修养之类的东西，因员工文化层次不高，也没必要讲什么深奥的道理。

培训结束之前，主办方安排了一刻钟的提问时间。一位员工接过话筒后问道：“你让我虚心、好学、乐观、开朗……如果我做到这些向善的行为，老板能给我加多少奖金啊？”

“向善”这个主题我已经讲了几千场了，从来没有人提出这样的问题，我的脑海里根本没有搭过这根“弦”。我的思想一下子“短路”了，无言以对。我本能地认为这个问题应该是由老板回答的，因为我也不知道企业的经营状况，更不知道企业的薪酬体系。然而，老板及在场的高管面面相觑，一脸惊讶，看来老板也被这个问题问懵了，向善应该折合成100元、1 000元还是10 000元呢？恐怕永远没有一个标准答案。

会场出现了骚动，又有员工穷追不舍，站起来搅局：“潘老师让我们变成圣人了，能给我们多少奖金啊?”少数员工跟着起哄、坏笑。

我准备虚晃一枪，说上一句“这个问题我们可以会后讨论”之类的话就草草收场。这时，一位员工怯生生地举手接过话筒（后来打听，该员工只有小学文化，普通流水线上的工人，平时性格内向，说话很少）：“向善应该是一个人与生俱来的本性，是不需要报酬的。善良不是可以出卖的商品，正如一个人不能出卖自己的灵魂一样。”这位员工的声音很小，软弱无力，如山间泉水清澈，悄然地流过。他应该是经过一番犹豫，鼓起十二分的勇气后才举手的。这位从来没有被人关注过的、老实巴交的员工一下子成了会场的焦点，会场变得出奇的安静。

几分钟沉默之后，又有一些人举手发言。

“向善的回报不是短期的，今天向善了，明天是不会有报酬的，应该是一种远期的回报，不可能马上兑现。”

“一个拥有美好处世品德的人会得到社会的承认、企业的认同，会得到更多的发展机会。”

“一个人修得了向善的正果，这种收获就是最大的回报。”

每个员工都有自己的思想。有些思想与企业文化是相同的，有些思想虽然与企业文化不同，却能相容。有些思想与企业文化是矛盾的，甚至相互排斥，这时就会出现不和谐的声音。要使企业与员工在理念上、思想上达成和谐，员工的思想与企业文化应该大部分是重叠的（相同相容），重叠部分就形成了企业与员工之间的纽带，即共同价值观。

一场传授善良美德的培训，既是一种对员工情操的陶冶和素养的提高，同时也增强了企业的竞争能力。企业与员工就像两个圆，这两个圆的大部分都是重叠的。如果一位员工完全不认同企业的这些价值观，反而认为这是在“搞政治运动”，是在给员工注射思想上的麻醉药，表明这两个圆重叠部分太少，冲突部分太多，员工就应该尽早离开这个企业，这就是“道不同不相为谋”的道理。

企业与员工在思想上可以求同存异，只要本性都是善良的。一个人轻度的邪恶可以通过培训让其改邪归正。中度邪恶可以通过劳动教育让他悔过自新。重度邪恶就是另一番景象：西汉汉武帝刘彻在得知亲叔叔有谋反意图时，通过各种方式向叔叔暗示，自己已经知道这件事了，希望叔叔悬崖勒马。但他的叔叔仍然一意孤行，准备谋反。当刘彻兵临城下时，他的叔叔落得畏罪自杀的惨局。刘彻感慨：一个这么聪明的人，思想钻进了死胡同，怎么叫也叫不回来啊！这就叫积重难返了。

诗人北岛曾经写过这样两句诗：“卑鄙是卑鄙者的通行证，高尚是高尚者的墓志铭。”在一个是非分明、法制健全的环境下，无数的事例告诉我们：高尚是高尚者的通行证，卑鄙是卑鄙者的墓志铭。向善是一张不能透支的信用卡，是一张不设卡的通行证，是一件不能兑换成现金的无价珍宝。

远离

每次看到酒店里“远离黄赌毒”的告示牌，我都会盯着看上几分钟。“远离”这个词用得太贴切了，贴切得找不到可以替换的词。

要“远离”的又何止“黄赌毒”呢？事实上，对于一切不良习惯都应如此。1997年，我在读博士期间拥有了第一台个人电脑，写论文查文献之余，突然发现电脑附件中有一个自带的小游戏。这个游戏的名字叫“空中接龙”，就是一个球弹到天花板上，根据砸下天花板上的砖的数量计分。天花板上的砖分成不同的颜色，有些一打就掉了，有些只能智取。我刚开始一次只能累计上百分，后来每次能得到上千分。随着分数的增加，我从中找到了成就感，突然感觉玩游戏比枯燥乏味的医学文献有趣得多，而且成就是立竿见影的，每天都能看到进步。不出一个星期，我一次居然能打到上万分了！走在马路上，感觉自己像英雄似的！我妹妹周末过来，她一下子也喜欢上了这个游戏。两个人有了对手，你来我往，玩得更刺激。我一局她一局，分数交替上升，有时紧张得喘不过气来。原来兄妹俩过周末，往往是我静心看书，妹妹买菜做饭，或一起去打球，调整一下身心状态，为下周的学习工作做准备。自从有了游戏之后，我们再也没兴趣买菜做饭、打球健身了，昏天黑地地玩游戏，周末两天一眨眼就过去了。等到周一再进图书馆时，脖子僵硬，两眼昏花，再也没法静心读书了。我只好偷偷溜回宿舍，苦练游戏，争取下周能轻而易举地战胜妹妹。两三周之后，我强烈地意识到，如果再这样下去，我会被“空中接龙”给废了，甚至拿不到博士学位。我下狠心把游戏卸载了，并在电脑显示屏的上方写上“远离游戏”四个字。从此以后，我买电脑后的第一件事就是卸掉电脑附件中的自带游戏。到今天为止，我再也没有玩过一次游戏。

在所有朋友中，我的自律性是最强的，但居然差点败在一个小小的游戏上。现在的网络游戏层出不穷，丰富多彩，比当年的游戏好玩得多。现代社会是充满诱惑的社会，比游戏更让人着迷的东西多得是。有人说，小玩怡情，大玩伤身。大伙切切记住远离“小玩”，所有玩物丧志的人哪个不是从“小玩”开始的呢？

一位男士不幸染上了毒品，多次努力都没能成功戒毒。他的妻子很恼火，骂丈夫没有恒心。为了给丈夫做个表率，妻子主动吸毒，要戒毒给丈夫看看。结果妻子吸毒之后，也戒不掉了，夫妻一起吸毒。后来这位妻子感慨：“我们都是血肉之躯，毅力与恒心都是有限的，敬而远之才是最好的戒毒方式。”

“学好千而不足，学坏一时有余。”一个人做有益的事情，尽管入门辛苦一些，但只要入门了，呈现在你面前的是一个精妙恢弘的殿堂，让你从中感受到人生的真谛。一个人走下坡路是很容易的，如赌博，只需要赢一次就会沉溺其中。又如吸毒，只需要吸两次就上瘾了。这种对人体有害的东西，表面上让人很舒服，但陷进去之后可能是一辈子都不能自拔，这种人不敢面对现实，选择掩耳盗铃的方式来麻醉自己，谎称自己活得超凡脱俗……

不播种庄稼的土地一定会滋生杂草。运动、读书、旅游、品茶、散步、跳舞、音乐、手工……除去工作之外，我们的生活被五彩缤纷、健康向上的业余活动填充得满满当当，哪里还有黄赌毒的藏身之处呢？例如，我遍读了几个世纪的西方文学，感觉自己活得太充实、太有意义了。读大师的作品，我感觉自己仿佛与大师一起坐在茶室，品茶论道。读了几个世纪的作品，感觉自己已经活了几百年。人生还有比这更有意义的吗？

欲望

欲望是与生俱来的，欲望是生命的原动力。

呱呱坠地的婴儿吃第一口奶，就是人类欲望的无意识流露。对金钱的欲望，对权力的欲望，对声誉的欲望，对性的欲望……人类所有的快乐与痛苦，都与欲望有关。每个人的内心深处无一例外都有一束欲望的火种。

当今佛教思想在中国广泛传播，很多人开口闭口就是看破红尘，就是无欲无求。这类人，似乎活得与世无争，似乎大彻大悟，似乎超凡脱俗了。在这类人中，有人的确是以为自己超凡脱俗，有些人是不敢承认欲望罢了。

与其说你看破了红尘，倒不如说红尘看破了你。真正得道的高僧，往往平静似水，淡泊如风。而那些整天叫嚷看破红尘的人大致分为三类：欲望太大，能力不足，不得不甘拜下风；满怀希望参与竞争，失败后谎称不屑于竞争；个人恒心不够，不愿付出努力，但又嫉妒别人的成功，表面上超凡脱俗，事实上没有面对现实的勇气。这三类人整天把无欲无求挂在嘴上，其实心中的欲火并没有熄灭，甚至比每天孜孜以求的人烧得更厉害。只要机会出现，欲火随之呈燎原之势。

我国西南地区某寺庙的一位方丈，年轻时因爱情挫折，看破红尘，出家当了和尚。因他的聪慧与勤奋，二十多年之后当上了方丈。年近五十，遇上一位女施主，俩人一见如故，坠入爱河。方丈毫不犹豫地还俗了，并与女施主结婚。方丈感慨："我的行为把我自己都吓了一跳，原以为自己早已无欲无求了，没想到还那么疯狂……"一名基金公司经理，因股票大跌亏得血本无归。她顿时万念俱灰，同时又觉得自己大彻大悟。她放弃大都市的生活，放弃自己的家庭，一头钻进了茫茫大漠中的尼姑庵。当我去看她的时候，她一个人枯坐在简陋的禅室里，青灯黄卷，苦读经书。她笑话我活得太俗气，太没有意境。她动员我出家，说像我这么有文化的人，一定能修出大道。后来股票大涨，这位遁入空门的尼姑实在按捺不住，突然现身基金公司，在股市上呼风唤雨，叱咤风云……我纳闷：是不是股票大跌，她会再次遁入空门呢？

在有些人的眼中，欲望是贬义词，是上不了台面的东西。所以，大家只好扭扭捏捏地给欲望穿上一件件华丽的外衣。有人把欲望称为事业心，有人把欲望叫作正能量，有人把欲望叫作梦想。不管叫多么动听的名字，它的本质仍然是人类最原始的欲望，仍然是婴儿吸吮奶头的那股冲动。我们没必要提到欲望就遮遮掩掩的。正因为有了欲望，才能促进个人的发展与社会的进步；正因为有了欲望，才会让我们活得充实，备感生命的价值；正因为有了欲望，才会有人世间的喜怒哀乐，才会感觉自己真正地活着；正因为有了欲望，才会有惊心动魄的爱情，否则情侣只能是抱在一起的两堆肉团……

一个人的欲望不能失去控制，否则就成了贪欲，变成熊熊燃烧在心头的欲火。欲火对人的身心有百害而无一益。第一，欲火会烧毁一个人的身体。欲火中烧的时候，心不静，吃不香，睡不着，不出三个月，身体就会彻底垮掉，只剩下一个行尸走肉的空壳。第二，欲火会烧毁一个人的灵魂。拦路抢劫的、违法乱纪的、坑蒙拐骗的，都是由欲望失控所导致的。这类人只有在被捉拿归案时才从贪欲的迷途中清醒过来，但悔之晚矣。

最后，我用比“欲望”更好听的一个词——“理想”来结束本文：伟大的理想成就伟大的事业！

死亡，物质循环中的一个驿站

有了生命就有了死亡。庄子把死亡比喻为游子回乡，陶渊明对死亡的认识是“死去何所道，托体同山阿”。世界是由各种物质组成的，这些物质都在不断地进行循环，形成各种各样循环圈。从宏观世界到微观世界，一个个循环圈成一个个大大小小的圆，相互交叉或者包容。人类也参与这些循环之中，生命是宇宙大圆圈中的一个小圆圈，死亡便是物质转换过程中的一个环节而已。

他出生在一个普通的农民家庭，因他爸爸喝酒时一时兴起，给他取了一个绰号式的乳名——二狗，村里人常常拿他的乳名取乐。二狗到远离家乡的地方上中学，他给自己取了一个响亮的“大名”高飞，高飞当上了班长，同学们叫他“高班长”。参加工作之后，同事们对他的称呼在不断地变换：“高干事”、“高科长”、“高处长”、“高厅长”。官至厅长时，高飞同志光荣退休了，退得非常彻底，非常干净，丝毫没有“犹抱琵琶半遮面”的意思。他谢绝了返聘的请求，谢绝了某协会邀请出任会长的职务，谢绝了某研究所邀请出任顾问，用他自己的话说，这叫“六十不惑”。他卖掉了省城的房子，回到山村去养老。起初村里人叫他“高厅长”，他要求儿时的伙伴还叫他“二狗”，他说：“我的听力不好，你们叫我‘厅长’，我听不见了。”

每个人在这个世界上都有相同的起点、相同的终点，体会到过程才是最真实的。无论你是开奔驰、宝马的，还是驾奥拓、QQ的，还是骑自行车、步行的，我们的终点都是殡仪馆。上帝不会因为你是开奔驰的，就允许你再开回去，人生就是单行道。

常常有人写文章或者做演讲，要和大家讨论一个主题：“如果我明天就死去，今天应该如何度过？”我认为这是一个无聊的论题，既然今天活着，就要把今天过得灿烂。奥运会要搞倒计时，新年的钟声要做倒计时，死亡永远没有必要去做倒计时，弄得自己诚惶诚恐。死神在哪里等待我们，没法确定，不必确定，随时坦然地恭候它的光临。谁学会了直面死亡，谁就拥有不再被奴役的心灵，就能无视一切束缚，泰然对待生活中的任何事。

如果你现在就开始盘算你的生命还剩下几分几秒，人生意义何在。正如一位失眠患者说道：“我上床5分钟还没有睡着，我就觉得浪费了5分钟时间挺可惜；半小时没有睡着，我就有些着急了，赶紧选择最传统的催眠术——数绵羊，一只只地数到一群群地数，数得非常投入，数得睡意全无了。把白绵羊数成了黑绵羊，又把黑绵羊数成了白绵羊，想到现在应该差不多了吧，往窗外一看，原来是东方发白，露出了羊肚色。”只要做倒计时，人就会变得浮躁焦虑。

在人生旅途中，我也曾目睹了很多死亡的情形。在很小的时候，看着亲人离去，曾经让我很痛苦，也很害怕。后来，我成了一名医生，尽心尽力地救治病人，看到他们康复，备感欣慰。但医学的发展总是难以超越疾病的步伐，永远滞后于疾病。我见到病人在病榻上呻吟，见到同样痛苦或者焦躁的病人家属，我出于对生命的尊重，觉得对不治之症的放弃可能是一种人道与博爱。

我有一位朋友，40 多岁，肝癌中晚期了，他渴望活着，卖掉了自己的房屋与家产，恳求父母也卖掉了房子，又恳求单位为他垫付部分费用，东挪西借，凑了几十万元，到北京大医院住了三个多月，还是没有逃脱死亡的追捕，留下一个 8 岁的儿子和几十万元的债务。可怜的妻子一直没有工作，靠在老公生前的单位做临时工养家。她的收入别说还债，连交儿子的学费都十分困难。在凑钱的时候，他的亲人、同事、医生心里都在嘀咕一句话："犯得着这样折腾吗?"但谁也不敢说出这句话，这也算是中国的国情吧。

人的一生，犹如一条小溪，开始的时候很弱小，流淌在山涧，与岩石和泥土撞击出清脆的响声。汇集之后变成了河流，也会有波涛汹涌。临近暮年，渐渐地汇入大海，深沉、广博而宁静。死亡是人与自然的融合，意味着生命进入到一个更广阔的空间。我虽不向往，但也绝不惧怕。

有人把死亡场景描绘成电闪雷鸣、山崩地裂的悲壮，让人感受到一个人的死去就像地球的毁灭一样，这是用来形容伟人死亡的情形的，后来连普通人葬礼上也学会了营造这种恐怖的氛围。事实上，无论你多么伟大还是多么平庸，死亡都是物质的变化，没有必要做出这种渲染造势，用死人吓唬活人。

死亡是生命礼花的最后一次绽放，同样绚烂多彩。礼花的烟雾犹如一个人的思想与精神，化作天地之气，在宇宙间永存；燃放后的灰烬散落在野草丛中，变成了野草的生命元素。生与死，就像昼夜的更替一样，都是人生的驿站，一个昼夜的人生是生命中的小驿站，生与死是物质循环的交换站，犹如从 1 路公共汽车转乘 2 路公共汽车，进入另一个循环的圆圈。

有没有来生？有没有鬼神？文章写到这里，再讨论这些问题就纯属多余。物质是不灭的，变成杂草与变成鬼神又有多大的区别呢？

【第三篇】

脸谱之纷

菜农的目光

国庆节的上午，我带着妻儿一起去买菜。菜市场冷冷清清，买菜的人并不多，很多家庭旅游去了，到广场赏花去了，参加腰鼓队去了，看国庆庆典去了……

我们一家三口买菜之后回家，途中看见一个 40 多岁的男人带着一个男孩在天桥下卖西瓜。男孩十三四岁，与我的女儿年龄相仿，他们看起来应该是父子俩。“丫”字形的天桥交叉处正好有一片阳光，他们把驴车停在阳光下。女儿好奇地问：“这俩人为什么不把车停在桥下阴凉的地方呢?”我知道这对父子是从郊区赶过来的，一定是凌晨三四点就出发了，早晨受了寒，现在还没缓过劲来。我对女儿说道：“因为他们很冷，渴望阳光。”这辆驴车差不多能装 30 箱西瓜，驴车上仅仅缺了一个小角，估计只卖出了三五箱。从这对父子的表情中可以读出他们内心的失望与落魄，他们原以为假期买西瓜的人会很多，没有想到乡下人往城里跑的时候，城里人早已跑到乡下度假去了，让他们扑了个空。套用《卖炭翁》中的诗句描述他们的心境：“牛困人饥日已高”，

“心忧炭贱愿天寒”。

一路上已经看不到几个行人，父子俩热切地东张西望。我们还没有走到天桥下，他们就远远地、期盼地盯着我们。当我们经过这对父子身边的时候，小男孩怯生生地叫了一声：“好甜的西瓜，十块钱一箱。”我看了小男孩一眼，停下了脚步，走过去看看驴车上的西瓜。小西瓜的确很新鲜。我想买两箱西瓜，妻子反对道：“今天买的水果已经够多了，真的不需要了。”我执意要买，妻子无奈地同意了。她看看这箱，敲敲那箱，装出很内行的样子。我对妻子说道：“别挑了，随便拿两箱就走吧。”

妻子有些不高兴，觉得我买东西太随意了。只有我明白，这些西瓜都是菜农昨晚一次性摘下的，所有的西瓜都很新鲜。妻子是城里长大的，根本不懂这些，还在我的面前装内行。她哪里想到她的老公在30年前就是驴车上的那个男孩啊！

一车西瓜30箱，全部卖完了也就300元钱，不用说种西瓜需要犁地、播种、掐藤、施肥、浇水、除虫、采摘、包装……不用说种子、农药、化肥的成本，不用说被城管抓到有罚款的风险，就凭凌晨三点起床，父子俩摸黑赶着车到这儿来，仅仅拿这300元钱回去，就知道这份辛苦钱挣得多么不容易！当今社会，300元钱能干什么？不用说买车买房，不用说名表古玩，不用说龙虾鲍鱼，不用说西服化妆品……就连买一双高档皮鞋都不够啊！

小时候，我什么农副产品都卖过，卖过蔬菜，卖过鸡鸭，卖过小猪仔，卖过亲手从湖里摸的鱼……记得有一年冬天，我挑了两筐胡萝卜去卖，在涉水跨过一条水沟时，不小心把胡萝卜全部撒到沟里了，我在水中摸了一个多小时才找回一些胡萝卜。手脚冻得红肿又何足挂齿？只是心疼丢失了那么多胡萝卜啊！

有一年年三十，我挑着一担莲藕去卖。因为莲藕太重，我走走停停，等我赶到集市的时候，集市已经散了。我一个人站在集市的入口，热切而又无望地等待买主。我会远远地盯着每一个向我走来的人，祈求般地望着他过来，又几近绝望地看着他离去的背影……我很清楚，我已经没有力气把这担莲藕挑回家了，我只能想办法把它处理掉，甚至扔掉。后来，我的班主任老师经过这儿，看着蹲在墙角边的我，马上把这担莲藕全部买走了……

妻子总抱怨我买菜的时候不喜欢讲价，因为她不清楚她的老公就是一名潜伏在她身边的资深菜农！她永远不懂菜农在想什么，永远读不懂菜农的目光。

流星雨

我是一颗流星，小行星在裂变中形成了我的兄弟姐妹。在看似杂乱的运动中，我们有着自己特定的方向与轨迹，有着不同的时空际遇。

我遨游于星空浩渺的宇宙中，蹒跚前行。星体的吸引力让我放慢脚步，或调整方向。但我从未停留，心中有一种动力催促着。

是什么力量催促我前行呢？那就是生命，生命的不可重复性与瞬时性。

我的存在，只是宇宙间一次短暂的旅行。我不断遇到恒星、行星，不断穿梭于美丽的星座之间。划过水瓶座的瓶口，我学会了冒险、创新、广博；闯过狮子座的胸膛，我感受到了坚毅、诚实、开拓；掠过射手座的弓弦，我沾染到了睿智、慈悲与快乐……

在一次次的穿越与徘徊之后，我也不断忍受着磨砺所带来的阵痛，主动或被动地重塑自己的身躯，改变自己的方向，扮演属于自己的角色。

我突然见到了一颗蔚蓝色的星球。那不是我生命的终点——地球吗？剧烈的心跳撞击着我的胸膛，我加快脚步，全速前行。在急速掠过大气层的一刹那，我周身滚烫，发出耀眼的光芒，让我的内心变得更加炽热。

短短的几分钟，我燃尽了毕生的所有。在旅途终点，等待我的是灰飞烟灭。在那一刹那，我听到了地面上的欢呼声、赞叹声，还有无数的寄托与思念，在幸福之前，在悲伤之后……有人骂我是贼星，有人诅咒我是灾星，我用最耀眼的心灵包容了他们的误解，因为我无法干预别人的思想。我只管燃尽我的生命，承载我的希望，安慰每一个有梦想、有伤痛、有思念的人。哪怕只是为他们献上美丽的瞬间，哪怕只是给他们一个划破夜空的惊喜……生命原本就是发光、发热、燃烧、消逝的过程。

传说夜空中的每颗星都代表地上的一个人。一颗流星的陨落，代表一个生命的逝去。每个人都是一颗流星，我们要明确自己的方向，划出属于自己的完美轨迹。每个人都是一颗流星，生命的轨迹只是一次旅行，但我们不是宇宙的过客。每个人都是一颗流星，在历史的长河中，没有我们的历史记录。哭过、笑过、经历过、感动过，这就是永恒。每个人都是一颗流星，我们满载着使命，化作宇宙中的丝丝灰烬，期待下一个轮回里相遇。

我们是一群流星雨。我们不像恒星、行星有着自己的名字和记录，永远被人记载、被人传颂。但在繁杂的社会中，我也有自己的生命轨迹。我们不是焦点，瞬间之后便是无尽的黑夜与遗忘。天空的舞台上没有给我们聚焦的镜头，没有人看清过我们的脸庞。

我们是一群流星雨，无声、无语，有热、有光……

奔放的国春

几年前，我受一家培训公司的邀请，到西安给企业家讲课。坐在前排的一位听众热情高涨，只要我提问互动，他就踊跃举手发言。这位先生的热情有点过火，我怀疑他是培训公司为了活跃气氛，有意安排的一个托儿。培训结束后，我得知这位听众是实实在在交钱听课的学员，他的名字叫国春。

国春激情似火，他的激情不仅洋溢在脸上，而且贯穿在每一个细胞之中。他谈得兴奋时，会使劲地挥拳；他对待朋友，恨不得把自己的心掏出来，献给别人。只要你有困难，只要他确定你是好人，他就乐于去帮助。用他亲人的话说："他是新时代的救世主。"

用"绽放"来形容他着实委屈了他，他表现出来的是一种"奔放"。他像一辆高速行驶的列车，朝自己设定的目标前行。旁观者不必帮他踩刹车，影响他行进的速度，但我们有必要帮他盯着前行的方向，随时提醒他途中的风险。

国春捧着一颗心与朋友交往。别人给他一滴水，他就回报一片海；

别人给他一棵树，他就回报一片森林。他乐善好施，但没有因为施舍而破产，反而越来越富有。因为他的大气，导致他的后面有一大批追随者。有些员工不仅仅自己来工作，还把自己的兄弟姐妹、亲朋好友全部介绍过来。现代企业最缺少的是人才，特别是快速扩张的企业，常常因为人才问题制约发展。国春的连锁企业以一变二、二变四、四变八的倍数速度增长，但人才供给却源源不断，因为有一批一辈子都不弃不离的员工以及他们的亲友团。国春是企业家，但更像宗教的主教，员工都是他的传教士，顾客成了他的信徒。这就是我们常常说的文化管理。很多企业文化都是老板用来欺骗和愚弄员工的，老板自己做得怎样呢？说的是一套，做的是另一套，员工能相信你吗？国春对别人大方与对自己吝啬形成极大的反差。尽管他有巨额的财产，但他平时吃快餐、住快捷酒店。他认为人来到这个世界就是奉献的，不是来享乐的。"一杯白开水、一碗白米饭"几乎成了他生活的全部。

国春待人宽厚，不设防线，甚至有人笑他是"缺心眼的傻子"。他的确因轻信别人而掉进坏人挖的大坑里。他曾被别人骗了两千多万元。他没有告诉我，我是从朋友那儿听到这个消息的。他责怪那个朋友："你告诉他有什么好处？他的工作那么忙，你还要让他跟着干着急？"他被骗之后并没有捶胸顿足地后悔，反而安慰我："耍小心眼的人往往是智力低下的表现，他们只能通过欺骗来混饭吃。足够聪明的人往往是通过正气、能力、公平、人格魅力做成一番大事业的。有些小商贩很会耍花招，他们满脑子都想着如何短斤少两，这也注定他们一辈子只能做小商贩。"无论从政从商还是做人做事，一辈子做到洁身自好真的很难。人在河边走，难免不湿鞋，但国春做到了。

国春对自己很直接，从不会拐弯抹角。如果他发现自己犯了错误，甚至会打自己的耳光。下属以为他患了精神病，悄悄告诉他的家人，准备强制送他进精神病医院。我知道他没有患精神病，这是一个人修炼达到一定境界的表现，并不是走火入魔，而是大智若愚。起初，我也很难接受他打自己耳光的方式，他告诉我："人在面部皮肤保养上花费的精力最大，但很多人面部皮肤是整个身体中肤质最差的。为什么越保养越差呢？因为面部肌肉紧张，供血不足，容易长出各种色斑。经常拍打有利于面部放松，也有利于时刻保持清醒。"很多人很在意自己的脸面，认为脸是一个人的尊严，面部也就成了碰不得的禁区。现在我也习惯在面部拍打了。

国春每年花上几万元买书，但他家里的藏书并不多，他把自己看过的好书分类送给朋友，与朋友分享。不像有些人，读过的书往书橱里一扔，直到这本书过时没用了，再当废品卖掉。他说书不是装饰品，不是摆设，是用来学习的。他常常把有用的东西记到电脑里，存在硬盘里，并把复制好内容的硬盘送给朋友。他到全国各地去听课，只要是名家的课，他基本上都听过了。虽然他只有中学文化，但他的思想不比大学名家逊色。

国春从小是奶奶带大的，受奶奶的影响非常大。奶奶去世后，他把奶奶的一件破衣服挂在卧室里，用奶奶的苦难经历提醒自己要努力。我知道这种"苦肉计"会催人奋进，促进事业上取得更大的成功。但我不赞同他的这种做法，我认为人在宽松心态下更容易取得成就，要学会在快乐中成功。一向固执的他恍然大悟，采纳了我的建议。

国春总是能把自己放在较低的位置，处处拜师，仰视别人。他目前注册的公司商号叫"子贡"，他准备把他所有的产业归在"子贡集团"的名下。他说："世界上有那么多的'孔子'帮助了我，才使我取得了这些成绩。”他打算资助拍摄一部以子贡为题材的电影，感谢曾经帮助过他的人。他认为拍《子贡》比拍《孔子》还有意义。因为中国现在更需要子贡精神，在成功之后学会谦卑，在追求物质的同时不忘记道德底线，在成功之后愿意帮助有困难的人。

国春反对我把这篇文章公开发表。虽然我们是莫逆之交，情同手足，但这次还是违背了他的意愿。我们争执之后，双方终于妥协了：我同意隐去他的姓氏，保留他的名字。因为在中国叫“国春”的有数万人之众，有男的，还有女的。

我不是宣传干事，不靠歌功颂德谋生。作为公民，我却有责任歌颂人性之美。社会需要弘扬崇高的精神，促进人类的文明和社会的进步。国春执著而不偏执，大爱而又大气，正派而又正直，算得上新时代儒商的典范。“一花独放不是春，万紫千红春满园”。一个“国春”不是春天，数万名“国春”也不是春天。只有“成春”、“迎春”、“阳春”之类的人都行动起来，只有名字中没有“春”字的人也行动起来，大家都做个实实在在的好人，那就真正迎来了中国的春天，名副其实的“国春”了。

原生态小霞

一位朋友曾邀请我到他老家去做客。在崇山峻岭之中稀疏地住了十多户人家。朋友带我漫步山间小道，露珠在草尖上熠熠发光，小鸟在林中窃窃私语，和风在指间缓缓流过，白云在头顶款款萦绕，一派清新而自然的人间仙境。朋友顺手摘下路边白里透红的苹果吃了起来。我惊愕地呼喊："还没洗啊？"他笑着说："这里不是北京，而是世外桃源！所有的东西都是原生态的，洗什么呀！"我将信将疑地咬了一口，刹那间清香溢齿。这个原生态的苹果一直留在我的记忆中，在以后的生活中，我一直在寻找着原生态的影子。

六年前，我送上小学的女儿上学，门前一位扫马路的清洁工笑眯眯地看着我的女儿，连续三天我们经过她身边时，她都是同样的表情。这位清洁工大约 30 岁，娇小的身材，脸蛋白里透红，清纯得像我记忆中的原生态苹果。第四天，我主动和她打招呼，问她为什么总是盯着我的女儿，是不是她家里也有孩子。听到我的问话，她站在那儿哭了。她说她的女儿和我的女儿一样大，长得还很像，她天天思念远在家乡的女儿。她知道我的女儿每天都经过这里，她等在这里看上一眼，觉得特别满足。

清洁工告诉我，她每天工作两小时，其他时间就没事可干了。我问她愿不愿意到我家里做钟点工。她很痛快地说道："好啊，那我就可以天天看见您女儿了。"第二天，她到我家来了，我把家里的钥匙交给她。

她感到很意外，不敢接钥匙。她对我说："您又不了解我，连我的名字都不知道，把钥匙交给我，您放心吗?""你的个人情况我以后慢慢了解，但我知道你是个好人，凭这点就足够了。"她想把她的身份证复印件给我，我没有接受。

她的名字叫小霞，她在我家一干就是六年，完全融入了我们的家庭。我们从来没有把她当成钟点工，而是当成了我们家庭中的一分子，她也从来不拿自己当外人。发生在她身上的一些笨事、趣事、感人的事、开心的事，常常是我们全家讨论的话题。

小霞是文盲。如果我们需要她买菜，没法给她留言，就用笔简单地画出来，放在餐桌上，这也是现代社会少见的"象形文字"吧。有一次我画了个西红柿，下班回家，发现她给我买了一个南瓜。我问小霞："你给我买的西红柿呢?"她一脸的惊讶："西红柿? 您不是要我买南瓜吗?"我拿着"作品"对她说道："这像南瓜吗?"小霞满脸委屈："您要画一群，我就知道是西红柿了；画一个，肯定是南瓜!"当晚，我们全家快乐地喝上了南瓜汤，把西红柿蛋汤忘到了九霄云外。

有一次，她晚上干完活准备离开，我对小霞说道："桌上的这些书都是我不要的，你带走吧，可以送给你的爱人看，或者当废品卖掉。"

第二天，她送过来一枚戒指。她说是她昨天在清理这些旧书时，从里面找出来的。我仔细辨认，终于想起这是我送给爱人的结婚戒指，六年前就弄丢了，爱人因为这件事伤心地哭了，因为戒指是我们结婚时的全部家当。我们家从武汉搬到广州，而后辗转来到北京，南征北战十余年，这枚戒指早已从我们记忆中消除了。拿着戒指，我爱人笑着骂她："憨子，这可是钻石的呢！"小霞说："应该很贵吧，所以我就赶紧给您送回来了。"

她特别乐意帮助我们洗衣服，也因为她像幼儿园的小朋友一样，对新鲜事物特别好奇，总想去尝试。她对洗衣机很好奇，自从我们教会了她使用洗衣机，她总想找些脏衣服一显身手。但她太节约用水了，每次只放一点水，扔进去一大堆衣服，连洗衣粉都没有清除干净，就晾出去了。我妻子不让她再洗衣服了，她口头上也同意了。但等我们上班之后，她还是在家偷偷洗衣服。等到我们一回家，她像一个犯错误的孩子，一下子变得乖乖的，赶紧拉着我爱人过去检查："这次真的没有洗衣粉了！"让人既好气，又好笑。

一个夏天，小霞把她的儿子带到了北京。那段时间她好像特别忙，还总是遮遮掩掩的，但还是被我猜中了。因山区教育质量差，她想托关系让她的儿子到北京上小学。我费了九牛二虎之力总算把她的儿子安排到了北京的一所重点小学。办成这件事之后，我也异常兴奋，举家欢庆。我妻子对我说："你比为自己的女儿找到学校时还开心呢！"

她的儿子在学校非常努力，不仅学习成绩很好，而且还有个特长，短跑非常厉害。第一次参加海淀区运动会，面对众多穿着专业跑鞋的选手，她的儿子拖着一双破胶鞋，居然跑进了前三名。着实把教育局的领导吓出了一身冷汗，以为该小学请了"外援"。去年，她的儿子作为特长生直接保送到上海体校。也许在不久的将来，在世界“百米飞人”赛场上便能见到小霞儿子的身影了！

小霞看到自己的儿子能有今天的成绩，高兴之余给我提了一个“无理要求”。她说：“我们村里还有很多像我儿子这样的孩子，我看他们跑步好像都很快的。您能不能给校长再打打招呼，让他们都来北京上学？”我给小霞解释，如果全部弄过来，那就不是“北京小学”，应该叫“河南小学”了。但我还是为之一震，小霞并没学过“幼吾幼，以及人之幼”，但她心中早已有了这种善念。

小霞给我们在生活上帮了不少忙，我们也尽己所能去帮她，我开始把她推荐给邻居，慢慢地，我们小区很多人家都抢着请小霞做钟点工。小霞所有的空闲时间全部排得满满当当，每个月的收入也从过去的500元飙升到了3 000元。看着小霞收入与日俱增，我有时还自鸣得意，以为是我帮了大忙。但我仔细想想又会马上否定自己，真的是我在帮她吗？不是的，自助者，天必助之。

小霞每天都是笑哈哈的，她的快乐透着一种自内而外的真诚，简直就是乐透了！好像在她的生活中从来没有痛苦，没有悲伤，没有压力，没有烦恼。她每天在家里唠叨这，唠叨那，像一个快乐的小喇叭。她用方言讲话，我们不可能完全听懂。每次她一讲完，自己就笑个不停，我们也跟着笑了。她是为她的故事情节发笑，我们是为她的可爱神态发笑，她的乐观感染了我们全家。

小霞，一个勤劳的钟点工，一个乐观的好母亲，一个纯粹的好人。好在她忠厚，好在她尽责，好在她脱俗。不，她不是脱俗，因为她从来没有入俗过！

小霞之美，就像原生态的苹果，清新自然，回味悠长。

小霞之美，是原始森林里的村姑之美：真实、清纯、自然、粗犷、含蓄……好莱坞明星装不出这种美，学不会这种美，演不出来这种美！

轻声呼唤自然环境中的原生态，奋臂呐喊人文社会中的原生态。

配角

每个人都希望得到别人的认同，每个人都愿意站在聚光灯中央成为焦点。谁都愿意扮演主角，那感觉、那派头，戏演完了还陶醉其中，迟迟不愿离开，恨不得让舞台上的瞬间变成生活中的永恒。

主角毕竟是少数，更多的人只能演配角，来烘托主角的高大形象及鲜明的人物个性。尽管没有几个人甘心演配角，但大部分人不得不演配角，而且必须演好配角。你看看电视剧中的士兵甲与士兵乙，没有名字，没有台词，出场仅仅给观众亮了一个背影就仓促退场。

方先生是一家公司的行政部副主任，眼巴巴地望着主任的位置，却足足演了 20 多年的配角，从黑头熬成了白头。方副主任近期印堂发亮，红光满面，在上下班的途中，居然哼起了久违的京剧。因为主任终于到了退休的年龄，论资排辈，自己这个“老媳妇”终于要熬成“婆”了。

近半年来，群众的呼声也越来越高，在大伙心目中，方副主任已经变成了方主任。有人已经在他的面前溜须拍马了，方副主任嗅到了当主任的滋味。让人大跌眼镜的是，方副主任的红光满面仅仅是回光返照，单位竟在主任退休之后直接任命办事员小张接替了主任的位置。

方副主任死活想不通，领导过去不让他当主任时说："你太年轻了，将来机会有的是。多一点基层磨炼的机会有好处，不要一下子让自己陷入风口浪尖。"领导今天让小张当主任时却又是另一番说辞："年轻人精力充沛，敢于创新，给年轻人加担子，让他们到前方冲锋陷阵。"

方副主任找领导理论。领导拍着他的肩膀语重心长地说："你的年纪大了，血压也高了，组织上关心你啊！在旁边出出点子就够了，这么大的年纪再让你扛重担，我当领导的看了都心疼啊！"方副主任心里嘀咕：你的年纪比我还要大一轮，你为什么不心疼一下自己的身体呢？看来领导的嘴巴就是两块皮，翻过来倒过去都有他的道理。

方副主任告病回家，足足睡了两个星期。除了骂领导，他还骂小张："这小子，老子看重他，把他招聘到公司。没想到这小子背后使阴招，抢班夺权了。30 岁出头就当上了主任，他家祖坟简直冒青烟了。"

在以后的工作中，两个人很难统一到一个调子上了，科室所有活动及会议，方副主任一概缺席。省领导到单位来考察，意味深长地说道："现在省里有个项目在招标，我们重点关注你们单位啊。"张主任因为单位有事没有参加省里的招标通气会，安排方副主任代表单位去开会。方副主任回来传达会议精神时，支支吾吾，有意编造了一些错误的信息。他心中盘算：项目拿到了，也是你姓张的功劳，对我并没有什么好处。他的阴招让这个志在必得的项目落空了。方副主任晚节不保，遭受了严厉的处分。

一个组织永远只有一个中心，"中心"两个字叠加在一起就是

"忠"字，代表了组织的凝聚力。两个"中心"叠加就成了"人满为患"的"患"字。历史上也有一个关于主角与配角的故事。孔子死后，有人在子贡面前诽谤孔子："孔子夸夸其谈，实际上却无所作为。您既有理论，又有实践，您的成就远远超过了孔子。"子贡很不高兴地回答："我的修养好比半人高的土墙。你站在墙外往里看，家里的陈设自然看得清清楚楚，所以你觉得我有点本事。孔子的修养，就像深宅大院的几丈高围墙一样，如果你不从门口进去，根本看不到屋内的华丽。你连老师的家门都没进入，还妄自评价他的思想！"作为弟子，子贡能深刻地认识到在儒家思想的舞台上孔子的地位，也知道自己所应当扮演的角色。

人生犹如一场戏。无论演主角，还是演配角，演好了同样精彩。

附一篇

几年前，10 岁的女儿潘薇看到我整天陶醉在自己的文章中，很不服气，于是向我发起挑战，我们约定写一篇跟"配角"有关的作文，在文章意境及表现手法方面，我甘拜下风，输得心服口服。

我的人生设计

潘　薇

2009 年，10 岁的我梦想当一名喜剧演员，给痛苦的人们带来安慰，给疲劳的人们带来轻松，给伤心的人们带来快乐。

2019 年，20 岁的我仅仅是一名普通的群众演员，在一大群群众演员中，很多人都在那里浑水摸鱼，因为他们认为自己的角色是拉过来"凑数"的。我却非常努力，像演主角一样投入，受到导演的好评。

2029年，30岁的我终于有了一次演配角的机会，不过需要先选拔。我试镜十分努力，可配角的位子还是被别人抢走了。我有点灰心，经过导演的鼓励，我意识到仅仅努力是不够的，我开始观察优秀演员的动作、神态，有时我会对着镜子表演，有意识地揣摩剧中人的心理状态。

2039年，40岁的我终于被美国好莱坞的一名导演看中，邀请我到美国拍电影。正当我坐在飞机上做着明星梦的时候，飞机像灌了铅似的下沉，飞机坠落了。我落到了一个小岛上。我比鲁滨逊幸运多了，小岛上的人救了我，并送我回到中国。明星梦再次与我擦肩而过。那时，我丈夫的事业一帆风顺，儿子也很聪明，我也知足了。

2049年，50岁时的我决定当导演，有人笑话我："连个配角都没演过的人居然想做导演！"但我得到了丈夫和儿子的大力支持，我编导了第一部儿童电视剧《家有儿女》，一炮走红。现在，儿子上大学了，常常带回一些好消息，丈夫工作努力受到领导的好评，升为经理。全家一直坚持做慈善事业，每年我们会去探望受灾或贫困山区的儿童，为他们捐款捐物。

2059年，60岁的我和儿子、儿媳住在一起。儿子成了中国著名的演员，帮我圆了明星梦，儿媳做了编导，还有了孙女。晚辈们开开心心陪我度过晚年。

这就是我的人生计划，从风雨到彩虹，从挫折到成功，喜怒哀乐、酸甜苦辣调味了我的人生。

请为自己画像

引子：北京大学的一名学生在我的博客上看到我为研究生写的求职推荐信之后，希望我也为她写一篇类似的文章。本文是笔者对该学生邮件的回复。文后附求职推荐信。

亲爱的同学：

知道你在我的博客上读了我为研究生赵茜倩写的求职推荐信——《稚气、秀气、灵气》，你在邮件中写道："看到您的这篇文章之后，一位清纯、秀美的女孩仿佛站在我的面前，虽然我不是您的研究生，但我也听过您的课，您也认识我，您能否也为我量身订制一篇这样的文章，作为我的自画像？"

亲爱的同学，你听过我的课，或读过我的书，哪怕只是一次小讲座、一篇小短文，只要从中受益，就算是我的学生。哪个做老师的会嫌学生多呢？不然的话，就不会有"好为人师"及"桃李满天下"的说法了。或许，咱们通过邮件交流，我从你那儿也收获了很多有益的信息，那你就是我的老师。同样的道理，我也从来不嫌自己的老师太多的。

如果你有找工作的需求，希望潘老师帮忙包装一下，未尝不可，但从你的字里行间，并未表现出有推荐求职的需求。如果你仅仅是想用这样一篇文章获得自信，或者从旁观者眼中了解自己，甚至用潘老师的美文陶醉一下，我建议你还不如为自己写一篇自画像式的文章，毕竟自己才是这个世界上最了解自己的人。我建议你用一张小纸片把自己的优点、缺点列举出来，一一分析，最后写成文章，用来激励、鞭策、警示及陶醉自己。古人云："吾日三省吾身。为人谋而不忠乎？与朋友交而不信乎？传不习乎？"这"三省"可以作为为自己画像的三支画笔。

潘老师最反感唱高调不做实事的人，不能把别人教训一顿又没帮忙。正如咱们找某些官员办事一样，官员往往先给咱们上一堂政治课，国际国内形势分析了一大通，酒也海喝了，海鲜也遍尝了，纪念品也笑纳了，但头一扭，什么都忘记了。下次碰面，还装出不认识的样子。

综上所述，潘老师没有拒绝你，但等着你来说服潘老师。说服潘老师的过程，也是为潘老师提供画像素材的过程。潘老师的眼中或笔下没有"丑女"一词。有人因此而嘲笑潘老师品味太低，潘老师反讥他感官太迟钝。潘老师的画像一定会让你满意，比秀气还要秀气，比灵气还要灵气。

附一篇

稚气　秀气　灵气

2007 年 5 月，我从众多面试学生中选中了一名女生做我的研究生，我对她的印象是行为显得稚气，脸庞显得秀气，思想却很有灵气。

稚气。涉世不深，人情不熟，但稚气比“夹生饭”好多了；她稚气的行为让你觉得可爱可笑，不会觉得可气可恨；她稚气的语言带着几分幽默，足以把三九寒冬化为和煦春风。

秀气。你不相信她秀气？不信就见见嘛。如何秀气？不见怎么知道呢？如果见面后觉得不秀气怎么办？留下来嘛，大家都说贵单位的水土养人，一两年的环境熏陶自然就变得秀气了。

灵气。她很快能读懂你的心思，但她不是一个工于心计的人；她会迅速找到工作的窍门，但她不是一个投机取巧的人；她有思想的高度，但她不是一个好高骛远的人……

稚气，像高山之巅的原生态；秀气，像大森林间的流水清澈见底；灵气，读懂了高山流水的人就能品味出她的灵气。

她的名字叫赵茜倩。

如果你把“茜倩”写成了“倩倩”，她不生气，算你的运气；

如果你把“茜倩”写成了“茜茜”，她嘴上说“不生气”，心里在生气；

如果你把“茜倩”写成了“倩茜”，她不生气，她妈妈也会生气的！

挑山工的信念

第一缕晨光洒在城市的街道上，唤醒了日复一日涌动的人潮。公交车站人声鼎沸，地铁入口人头攒动。有人肩上挎着电脑包，有人腋下夹着公文包，有人手上拎着早餐袋。没有谁知道人流从哪里来，到哪里去。为了生计，为了梦想，每个人都在奔波，每个人都在钻营。在行色匆匆之中，你是否留意了沿途的风景？

忙？不是没有顾及风景的闲暇，而是没有眷恋风景的心境。对眼前的重担及未来的担忧，你变得兴奋、焦虑、烦躁、忐忑不安、诚惶诚恐，紧张的心情肆意虐待我们的每一根神经。

你突发奇想，如果不用工作那将是一件多么美妙的事情啊！整天躺在海边的沙滩上，晒太阳、打球、购物、吃海鲜，像神仙一样快活。什么时候睡醒了，就什么时候起床。做让自己开心的事情，放下一切去享受生活吧！难道不奔波就会饿死吗？

一位网友与我讨论在风景区的挑山工与游客两类人的心境。他认为，挑山工是痛苦的，他们生活在风景之中，但风景并不属于他们。

他们仅仅是游客登山的工具，与拉车的马、推磨的驴没什么区别。为了一点点苦力钱，他们每天在那儿受苦受累，虚度时光。游客才是景区的主人，风景是为他们设计的，他们的生活才是绚烂多彩的。

我不赞同这个观点，风景是呈现给所有人的，关键是你眼中是否有风景。我曾见过挑山工唱着山歌扛物，喊着号子攀爬，见过一群挑山工喝了几盅烧酒兴奋得大叫。你看看那位坐在大岩石上的挑山工，夕阳照着他古铜色的脸，他的眼中洋溢着幸福、洋溢着希望。他知道今天的劳动可以换来一袋大米，让家人吃上一个月的饱饭，心中装着“老婆孩子热炕头”的美好画面。或许他的儿子正在上初中，今天的劳动能换回儿子的学费。他正注视着远方无穷无尽的山路，正在勾勒儿子走出大山的情景，憧憬儿子走向大都市的美好心愿……诚然，每个人的理想不一定都能实现，但只要心中有梦，风景永远存在。

常言道：人比人，气死人。一群植树工人每天怨声载道，一辈子挖树坑，又累又苦，待遇又差。主管安排他们下到矿区挖了一个星期的煤，阴暗、潮湿，见不到太阳。等到返回地面植树的时候，他们突然感觉在阳光下植树是一件多么惬意的事情啊！人生的波折让生活变得丰富多彩，心电图图谱的美妙之处在于它的跌宕起伏。当心电图变成一条直线的时候，那意味着心脏停止了跳动，大脑没有了思想。

长时间在沙漠中行走的人才能品出白开水的甘甜，每天被爱包围的人反而不明白什么叫爱。你看那对情侣，因旅游线路安排上的分歧，在景区大吵大闹，把茶杯都砸了。因为他们眼中有景，心中无景。多少养尊处优的人反而活得迷茫，活得乏味。明星吸毒者比比皆是，位高权重而阴沟翻船者屡见不鲜。你可以调查许多富豪的生活现状，他们拥有更好的平台，本应该有更愉快的生活，但他们很多人的心境却赶不上挑山工。

一位朋友在山里办了一个养鸡场。我到养鸡场参观，看见养鸡笼子呈环状摆放成圆圈，大圆圈套着小圆圈，错落有致，笼子里挤满了活蹦乱跳的鸡。我注意到有十几只鸡没有关在笼子里，它们在草坪上悠闲地觅食、快乐地嬉闹。我询问其中的缘由。朋友笑着说："我每天都会放两笼鸡到外面散养，每只鸡都有获得自由的机会。要是这些笼子里的鸡看不到外面有十几只跑着，它们的产蛋量就会下降，甚至会死的。"我问朋友："这样是不是有些不公平？会不会把有些得不到自由的鸡给气死？"朋友笑着说："人与鸡一样。有人买了一辈子彩票不中奖，但还执著购买就是这个道理。因为他们看到有人花两块钱就中了几千万元的大奖，这就是买彩票的信念。笼中的鸡也有梦想，期待有一天能在蓝天白云下自由生活，正是这份信念支撑着它们每天快乐地进食、快乐地下蛋。"

七夕节，你能猜出给情人送泳衣最多的省份吗？根据网店统计数据，不是广东，不是浙江，不是海南，而是新疆！情侣们相拥在茫茫大漠之中，遥想盛夏一起去看海。或许有些情侣一辈子也没有实现这个愿望，但丝毫不妨碍他们共同拥有美丽的心海！

心中存有希望，思想展翅翱翔。一个人最大的破产莫过于希望的破产。没有了希望，谈何信念？怀抱希望，并持之以恒地追求，就变成了坚定的信念。信念是人按照自己的想法生活下去的理由，更是追寻希望的一种执著。

生命是短暂的，甚至希望还没实现，生命就已经结束，但庆幸的是信念是永存的。今天的工作是实现明天希望的基石，今天的行为是对人生信念的一种表达。因此，我们并不完全是为了挣钱而工作，而是因为生活需要工作来充实。

信念是永存的，无论挑山工，无论游客。

千里马只是日行千里的马

在人才招聘会上，公司引进了一批千里马——名牌大学的博士。领导看着这些高素质的人才笑得合不拢嘴，看着他们就好像看到了公司的未来。然而，一段时间之后，领导发现这些博士思维单一，实际处事能力并不强；有些博士不但没能带动公司发展，反而成了领导眼中的鸡肋、公司发展的绊脚石，“大事做不来，小事又不做”。对于这些高学历、高待遇、低能力的人才，领导真是一筹莫展。

所谓千里马，是指在长跑方面有一定特长的马，也就是说，千里马是优秀的长跑选手，但在水上项目、投掷项目，甚至短跑项目上统统外行。

在人才招聘市场找到适合自己公司的人才，这些人才才是自己的千里马。如果你的公司仅仅在乎博士头衔，很可能买回了一个价格昂贵但并不实用的花瓶。

获得博士学位的人良莠不齐，高校不乏一些南郭先生。当然，我们相信高校培养出来的大部分都是人才，不过人才也只有放到合适的岗位才能体现其价值，才算得上人才。如今高校培养的博士，优势不在于“博”，而在于其“专”，即在某一领域有其过人之处。“专”的特长可能侧重于某个理论，如果把他放进实验室，可能会成长为一名优秀的科学家。如果没有放到合适的岗位，可能让公司和人才都感到尴尬。例如，某医学骨科博士的研究方向是脊柱的某个学科的分支，他的导师在这方面大名鼎鼎，在北京某医院专门开设了一个病区治疗这种疾病。但这个病不是常见病，如果把这位博士生分到大医院做专病专家，他可能是一名少见的人才；如果把他放到基层医院做普通骨科医生，他只算庸才；如果让他做一个普通外科医生，他可能只是一个蠢材。

历史上的项羽、刘邦都是千里马。项羽有百战百胜之才，却不懂得用人，后人评价项羽是个非常难得的将才，但他不是帅才。汉高祖刘邦，虽然没有项羽的勇猛，却能知人善任。在他临死之前，对后事的安排可见其谋略：王陵可以在曹参之后接任其职务，但王陵智谋不足，可以由陈平辅佐。陈平虽有智谋，但不能决断大事。周勃虽不擅言谈，不会讨主子喜欢，但他是旷世忠臣，汉室江山一定少不了这根定海神针。

为了保证用人单位和人才双方都达到预期效果，用人单位相马之前必须先相好伯乐。有些单位随便派两个文员去招聘人才，他们只会按硬指标收简历：硕士以上的、一类大学的、性别符合单位要求的，照单拿下。他们在完成领导要求的数量之后收摊回家。排在后边的，管他什么特长、性格、专业，只能说一声：“对不起，客满了。”

招聘人才如淘宝。首先，用人单位要找到淘宝专家，凭借淘宝专家的法眼，才能做到慧眼识珠。其次，用人单位对人才的成长也要有耐心，给予他们充分的成长时间，博士短时间内的动手能力可能赶不上经过历练的本科生，但博士毕竟懂得更专业的思维方式和研究方法，他们的发展后劲会足一些。

从应聘者的角度讲，每个人都是人才，关键是自己要有特长。每个人都要坚信，既然上帝派我们来到这个世界上，一定给了我们某些特长。可能你在这方面欠缺一点，但你在另外的方面肯定更强一些。一个人能否取得成功，关键是三个方面：第一，是否发现了自己的特长；第二，是否在特长方面努力了；第三，是否找到了展现特长的舞台。

Q哥的时代

《阿Q正传》永恒了，阿Q却死了。他死得并不凄惨，只是临死前的那个圆画得不够完美，留下了一点点遗憾。

“20年之后我又是一条好汉！”阿Q前辈子的糟糕表现，让他对这辈子也没抱太大的期望。前辈子的秉性，这辈子难改。

阿Q出生在未庄一个普通农民的家庭，现年30多岁，家境贫穷，初中没毕业就辍学了。他南下广东打工，一没文凭，二没关系，只好在建筑工地上当泥瓦匠。后来，阿Q成立了一家建筑公司，从未庄拉起了一支队伍，在广东各地承包工程。阿Q性格豪爽，在建筑行业游刃有余，还有几位铁杆哥们给撑着，王胡、阿D、假洋鬼子之类都成了建筑公司的骨干。

阿Q一出生就姓赵，这点赵太爷是可以作证的。在公众场合别人尊称他为Q先生，同龄人叫他Q哥，年纪轻一点的叫他Q大爷，比他更牛气的人叫他小Q、老Q、阿Q之类。为了不让大家误以为阿Q、Q先生、Q哥、Q大爷、小Q、老Q是六个不同的人，本文统一称呼为“Q哥”。

上辈子没有喝够酒，因为没钱。时势造英雄，这辈子只要你嗜酒，绝对不会让你馋死，自然会有人请你出山陪酒，海量的人听说还能赚到不菲的出场费。Q哥敬别人酒，自己总是先干为敬；别人喝不了，又帮别人代酒。后来弄成自己的左手敬右手，右手回敬左手，一个人自娱自乐。朋友好生高兴，真是个爽快人！

Q哥爱给大人物拎包、捶背、装孙子。在回家的路上，连王胡都替Q哥鸣不平：“你是我们的大哥，也是一个有身份的人，何必弄得这么没有颜面呢？”Q哥笑着安慰道：“就当给孙子捶背了！如果你对一个讨厌的人能露出真诚的微笑，你的事业肯定会如日中天，这是新时代的公关学。这种功力需要两辈子才能修炼出来啊！”一个个工程项目理所当然地落入了Q哥的腰包。Q哥——中国地产界呼风唤雨的大鳄。

Q哥回到家，夫人邹小妹（邹七嫂之女）自然笑脸相迎，保姆吴妈更是端上热气腾腾的银耳汤给Q哥解酒。Q哥感慨上辈子拍马屁处处碰壁，这辈子拍马屁，弹无虚发；上辈子住土谷祠，这辈子住大别墅；手，还是前辈子的那双手，时代不同，效果不同。“世上只有一个理，生存就是真理。谁给了我生存空间，给了我利益，我就是谁的孙子！”这就是Q哥在商海战无不胜的“孙子兵法”。

Q哥翻手阳光覆手雨，在小人物面前Q哥就是爷，变脸的速度胜过川剧脸谱。一天晚上，Q哥饮酒过量，有些内急，肆无忌惮地在酒店门前解小便，保安赶紧上前制止。

Q哥怒目而视，嘴角上唾沫横飞，骂道：“畜生！”随后揪住保安的头发，在墙壁上碰了四五个响头，这才心满意足地得胜走了。保安痛苦地叫喊："我要报警！"Q哥笑道："老子打儿子，人打畜生。警察管得着吗？"Q哥这回可遭了瘟，不到十分钟，警察就赶过来了，后面还跟着一名记者。Q哥马上露出"孙子脸"，花200元把保安"安抚"了，保安随即替Q哥开脱："Q哥根本没有打我，刚才是我自己打自己的耳光，觉得挺好玩的！"1 000元把警察搞定，警察在笔录材料中写道："酒店门前的水不是Q哥的小便，属于人工降雨，以解决西南地区的大旱。"500元又把记者搞定。第二天，街头小报报道："某酒店门前一名保安犯了强迫症，自己扇自己的耳光，幸亏见义勇为的Q哥及时赶到，才避免了一场悲剧上演。"

有位官员曾是Q哥非常仰慕的"大人物"，Q哥对他俯首帖耳。Q哥曾经送给他几万块钱，作为"照顾项目"的预付金，结果项目还没弄到手，这位官员就出事了，出大事了。Q哥得知这位官员被"双规"的消息，两腿发颤，男扮女装，连夜跑到深山老林中躲了起来。几个月之后，这位官员判了死刑，咔嚓被枪毙了。此案根本没有牵涉Q哥，这位官员贪污了几个亿，区区几万元，算啥呀？Q哥也真是太把自己当一回事了！

Q哥又回到了广东，看哪，飘飘然似乎要飞去了！他兴奋地唱道："我手持钢鞭将你打……"兴奋之后，Q哥却有些愤愤不平，他想："这个家伙拿了我几万块钱没帮上啥忙，世界上哪有这样的买卖！如果官员都像他那样没诚信，我Q哥岂不是喝西北风了？"Q哥决心把这个损失捞回来。夜幕之下，他找到那个官员的家里，找贪官的小老婆算账。Q哥伪造了一张借条，逼着他的小老婆还钱。Q哥不仅追回了自己的钱，离开的时候，还顺手牵羊占了他小老婆的便宜，也算一点利息补偿。

去年清明节，Q哥回未庄祭祖。赵村长赵太爷专门成立了“Q哥荣归故里筹备委员会”，委员会下设腰鼓队、仪仗队、合唱队……村外多是水田，满眼是新秧的嫩绿，夹着几十个圆形的活动的黑点，便是迎接Q哥的仪仗队。Q哥并没有心思欣赏这田园风光，却只是急匆匆地往前走。未庄本不是大村镇，不多时便走尽了。他来到了土谷祠门前，这儿早已成了国家4A级纪念馆。Q哥前辈子用过的破棉袄、褡裢、酒杯之类的物品，已经成了稀世珍宝，价值连城。赵太爷早已恭候在此，本家见本家，两眼泪汪汪。赵太爷在欢迎仪式上感慨地说：“您Q哥是我们赵家的荣耀，最配得上姓赵的就数您啦！”赵村长希望Q哥为未庄的新农村建设出点力，为村里的希望小学建设“放点血”。Q哥表面上假装答应，心里却骂赵太爷：“孙子，你根本不配姓赵！”

Q哥生逢其时，各行各业的Q哥们，混得有模有样、有滋有味。Q哥的时代来临了……

风凉人

什么叫“风凉人”？爱说风凉话的人。什么叫“风凉话”？风凉人说出来的话。风凉人的心中永远没有明媚的阳光和似锦的繁花，再美的风景在他眼中也只是阴雨绵绵、残花败絮。有关“风凉人”的几个知识点：

【概念】口中能喷射寒气、毒气、妖气的高级动物。

【目的】离间同事关系、打消组织士气、阻碍公司发展、唯恐天下不乱。

【症状】面对成功的女人：某女士得到了领导的提拔——“不就是和领导关系暧昧嘛！咱们领导太没品位了！”

面对失败的男人：某男士代表公司参加全市乒乓球比赛，首轮遭淘汰——“那个德行还敢上场？如果他是想拿一万块钱的奖金，就直说嘛，大家组织捐款不就得了，看他那熊样！”

【结果】最喜欢的结果：秋风落叶的凄惨。

最讨厌的结果：太平盛世的繁荣。

【武器】酸话、甜话、苦话、辣话。

酸话：说话的时候，似有所指，但也不一定具体指什么。他像易经大师算卦一样，从来不正面阐明，喜欢旁敲侧击，似是而非。玄乎的语言放之四海而皆准，说了等于什么都没有说，没有说又好像什么都说了。等到事情发生之后，他回过头来“发酸”：“我不是事前提醒过你们吗？你们又不能接受我的意见，麻烦大了吧！”“那你事先为什么不说清楚呢？” “哎，我又算老几呢？点到为止吧，你们都是聪明人。”

甜话：风凉人在公司没有大市场，但任何组织都不可能百分之百齐心。他正好乘虚而入，察言观色，拉拢组织中少数不明真相的人、年轻缺乏经验的人、不受领导重视的人。对这类人甜言蜜语，小恩小惠，把组织还没有温暖到的地方抢先“温暖”一下。这种“温暖”，不是为了形成组织凝聚力，是“凉”之前的预热，正如冬泳的人需要事先在岸上做热身运动一样。

苦话：尽量让组织成员蒙上悲观情绪，把公司描述得毫无前途、一无是处：“外部环境即将把公司置于死地，某某骨干即将离职，天就要塌下来了，你们赶紧逃吧！”“你为什么不逃呢？”“我这么大的年纪了，在这里只是混混日子，消磨时间罢了。”“如果我像你这么年轻，八百年前我就跑了。”“如果我有你这么强的能力，还会待在这破地方吗？”“我现在正准备走了，外面工作早就找好了，就等着明年的年终奖了。”

辣话：找到组织管理中的不足之处，猛烈抨击，夸大其词。常常组织少数人到家里开家庭派对，形成小团体的离心力。每次发匿名控告信不会少于100封，列举罪状不会少于10条，按信件内容判断，这个领导足以判死刑。上访时至少组织 20 名以上同伙，形成一定势力，风凉人往往在上访前的鼓动会上说道：“咱们不干则已，要干就要有痛打落水狗的精神，把那个家伙彻底扳倒。”

一个人要防范风凉人袭击你，请瞪大眼睛、挺直腰杆站在阳光之下；一个组织要治愈风凉人，请把他放进高温高压的组织熔炉中煎熬，暖其寒气，祛其毒气，化其妖气。

有位小姐叫范丽

范丽小姐，经常在同事面前炫耀她的家族的荣耀：“如果没有朝代的更迭，我目前的身份应该是个公主、格格之类。”大伙不知出于何种目的，抱着何种心态，居然不约而同地叫她“范大小姐”，她也当仁不让地接受了这个称呼。

我特别害怕与她交往。咱们家里八百辈子都是农民，站在她面前，心里早已矮了半截。我担心哪儿没有做好，让大小姐不高兴。当不得不与她交往的时候，我会小心翼翼地揣摩她的习惯与嗜好，生怕得罪了她。每次离开她的视线之后，我会深深地吁一口气，好像与她多待一秒钟就会窒息而死似的。

范大小姐的思维模式很独特，初次接触觉得她懂礼貌、有涵养，深入接触才发现她的礼仪与公众礼仪不同，大伙很难适应她。估计她沿袭的还是几百年前她们家的宫廷礼仪，大伙实在没法学会，因为现在没有这样的宫廷礼仪培训学校，从古装片学来的一点，远远达不到范大小姐的要求，不配与她做朋友。

暑假期间，单位组织半个月的出国旅游，范大小姐一家三口参加了单位的旅行团。他们带着三个大箱子，若干个手提袋，里面装有全套的洗漱用品、化妆用品，皮鞋、运动鞋、拖鞋，睡衣、毛衣、运动衣，枕套、被套、床单，水杯、碗筷、盘子……完全是一副格格出宫的派头。她担心行李超重，又担心自己长胖，居然把家里的地秤也带过来了。我问她："地秤在欧洲能没有吗?"她说担心欧洲的计量单位不同，换算麻烦。后来她担心托运行李时摔坏了地秤，对秤的准确性产生了怀疑。听说我的体重非常恒定，特地请我去校正她的地秤，我开玩笑道："我随便喝一瓶水，上个厕所，体重也就波动了。我随手一拎，评估重量也能八九不离十，比你的秤还准!"

旅游途经多个国家，每天晚上都要入住不同的酒店，转运行李的工作量特别大，他们一家疲于清理物品。每天早晨大伙上了大巴车，只好耐心地等待姗姗来迟的他们一家子。大伙曾羡慕范大小姐的先生有艳福，找了一个漂亮的太太。今天看到范大小姐的先生像搬运工一样，累得灰头土脸，反而都投以同情的目光。——有一种艳福叫痛苦。

生活犹如写文章，详略要得当，在不该细的地方太细了，细得让人腻了、烦了，细得连自己都不能自拔了。细腻是一个偏正词，侧重于"细"，而不是"腻"。一个人每天吃两块肥肉，能起到润滑肠胃、延年益寿的作用，这就叫"细"。如果每顿让他喝上两斤猪油，就会脂肪堆积，恶心想吐，这就叫"腻"。——有一种细腻叫反胃。

范大小姐自认为是有品位的人。她钟爱菊花，每天早晨桌上都要摆上一束新鲜的菊花，弄得她的先生每天晚上为买菊花而发愁，经济状况拮据。——有一种高雅叫俗气。

范大小姐是一位非常讲卫生的人。她养成了吃饭之前用酒精消毒双手的习惯，但外出环境往往不允许，不用酒精擦拭一下，她就难以下咽，所以每到一处就满大街找药店买酒精。其实细菌是无处不在的，生活在细菌环境中，人就有了免疫力，反而会更健康。但从小养成了强迫性习惯定式，她自己也没法改变。——有一种“细菌”叫洁癖。

范大小姐注重细节。大家都听说过牛顿专注研究的故事：牛顿请客吃饭，客人到了，自己突然来了灵感，一头钻进了实验室，半天也没出来。客人等不及了，只好自己吃完饭后离开了。等到牛顿出来时，看见用过的餐具。他自言自语地说：“原来已经吃过饭了，怎么忘了呢”？牛顿正是因为把注意力放到科学研究上，不为生活细节所累，才取得了巨大的成就。范大小姐对牛顿却有独到的评价：“这个家伙白活了，因为他根本不懂生活。”——有一种细节叫琐碎。

人生是漫长的，但关键只有几步，因此，我们要扼住命运的咽喉。范大小姐却扼住了生活细节的咽喉，让事业窒息，让同事窒息，让家庭窒息，让自己窒息。——有一种“抓住”叫扼杀。

范大小姐，针尖般的心眼，大小姐的范儿。不见其“丽”，只见其“腻”。有位小姐叫范丽，有类小姐叫“犯腻”。

酒疯子张扬

张扬是公司表现最差的员工之一，平时工作自由散漫，吊儿郎当。他常常半瓶烧酒下肚，口出狂言。

某日午餐之后，大家正在餐厅里聊天，张扬同志喝得满脸通红，站在食堂门前大叫要发布重大新闻。同事知道他又要表演“张式小品”了，纷纷围上来看热闹。张扬大声叫道：“各位兄弟姐妹，我准备离开公司，自己当老板啦！看在咱们同事一场的份上，如果各位有意加盟我的公司，招聘从优，待遇从优。我是从打工仔走过来的，更能了解大伙的心情。各位不要在这儿受窝囊气了，张扬张开双臂欢迎你们！”

“现在我把公司未来的蓝图勾勒一下”，同事们都竖起耳朵听张扬公布他公司的“十点主张”：

第一条，全员放假 7 天，庆祝我当上了老板！

第二条，为每位员工购置一套住房，面积不少于 200 平米。

第三条，废除条条框框的制度，那些东西都是一些混账逻辑，束缚了我们的行为，也束缚了我们的思想。

第四条，鉴于塞车厉害，上班时间为上午10点，下班时间改为下午3点。这样可以错过上班的高峰期，何必让大家把宝贵的休息时间耗在路上？

第五条，上下班不必打卡，谁没有一点急事呢？难道一天的工作还在乎那几分钟吗？有一本破书叫《没有借口》，客观存在的事实怎么会叫借口呢？真他妈的唯心主义代表作！

第六条，如果今天没有不得不到办公室处理的事情，大伙可以在家里办公，现在的网络视频多方便。

第七条，午睡习惯是中国人民的国粹，公司必须发扬光大。员工趴在桌上睡觉害处多多：影响公司形象，口水容易把文件弄脏，容易打呼噜扰民，对身体也是摧残。我公司决定给员工租午睡房。

第八条，下午容易犯困，每天给大家30分钟的下午茶时间。公司提供各类瓜果点心，讲讲新闻八卦，提提精气神。

第九条，公司在中国南海的小岛上建个办公楼，或者干脆买个小岛，天寒地冻的季节公司就到那儿去办公，一则享受海滩日光浴，二则保卫祖国领海。

第十条，奖金每周发放一次。周奖金比中国移动的月奖金高出五倍，公司为每位员工代缴个人所得税。

一位同事跟着起哄："你这个公司太人性化了！好好感动！好好羡慕！"张扬慷慨地说："你不用羡慕了，根据你平时的表现，完全符合本公司的要求。你就不用面试了，明天直接入职，任命你为市场部经理。"这位同事接着问："请问董事长，咱们公司是干什么业务的，不会是挖金矿的吧？"张扬斩钉截铁地回答："错，抢银行的！"在场的同事们顿时哄堂大笑，原本想捉弄酒疯子的同事，没想到反被酒疯子耍了，追着酒疯子一顿猛打……

张扬，当过兵，扛过枪，流过血，立过功。指导员说他英勇善战，一把硬骨头最适合打硬仗，唯一的缺点就是对酒一往情深，而且是越陷越深。

凭借军功，张扬转业被安排到国有大型企业工作。他依然嗜酒如命，半斤白酒，几盘凉菜，外加一碟花生米，那滋味儿，犹如一桌满汉全席。烧酒下肚，豪情万丈，胡话连篇，有时都不认得自己是谁了。

照理说，这样的人是不适合做后勤工作的，因为后勤作为集团公司的保障，要求员工时刻保持清醒的头脑。事实上，这种人放在哪儿都不合适，因为没有哪个岗位需要个酒疯子。

某日上班前，张扬又咂吧了点小酒，脑袋胀痛得厉害，像颗随时可能引爆的地雷。他不清楚自己什么时候走出办公室的，只是依稀记得曾去过车间检查工作。什么时候回宿舍的，又是怎样回来的，他完全想不起来了。

几天之后，领导通知他到会议室来一趟。他暗自窃喜，以为有什么加官晋爵的美差。等他进门之后，领导指着电视机说："我想很有必要邀请你看一段录像，你一个人就在这里慢慢欣赏吧。看完之后关上电视，顺便关上会议室的门。"张扬一个人斜躺在沙发上看录像，这接待规格还是挺高的。录像中的场景，好像似曾相识。画面上的那个醉汉，走路晃晃悠悠的。这是谁呀？咋这么不禁灌啊？喝了多少酒，就醉成这个样子了！

那醉汉看上去怪眼熟的，张扬警觉地坐了起来。再仔细一看，那不正是我张扬吗？一会儿哭，一会儿笑，打醉拳，学狗叫，在广场上唱歌，学领导做报告……最后终于在一片草坪上四仰八叉地躺下了。

活脱脱地一个精神病人！来来往往的同事，都用一种鄙夷的目光看着他，还对着他指指点点……

原来自己在上班时间耍酒疯的行为被单位的监控摄像头拍到了。这是他生平第一次看到自己醉酒后的丑态，如果这时有其他人陪他一起看录像，他真恨不得找个地缝钻进去。还好，这儿只有他自己，看来领导是给足了他面子。

离开会议室回家，他不敢看路上的行人，更担心碰到同事，好像全世界的人都看过他耍酒疯的丑态似的，他无地自容。他整夜没有睡觉，第二天红肿着眼睛去找领导。战场上身负重伤时他也从没流过泪，这次在领导面前哭得像个泪人。哭得很彻底，很真诚。他发誓远离酒，好好过日子，从此以后，公司员工再也没有人见过张扬耍酒疯了。

——这就是男人的眼泪。

第二年，集团公司为强化员工的组织纪律，组织大家军训。公司把员工分为十几个小组，有过军旅生涯的人被任命为组长。张扬荣幸地被推举为组长，初次尝到了当领导的滋味。他雄心勃勃地想在这次军训活动中证明自己，对得起自己曾经拥有过的“战斗英模”称号。训练期间，他一遍一遍教组员动作要领，但他的讲解常常被组员的嬉笑声所淹没。不巧的是，组员中还有一位级别很高的上司。这位领导经常借故不参加军训，导致他们小组被扣了不少纪律分，“摆平”这位领导可着实让他费了一番周折。他终于体会到，一个无组织无纪律的人就如团队里的一粒老鼠屎，弄坏了一锅好汤。军训结束后，他负责的小组取得了好成绩，受到了集团公司的嘉奖。组员们笑了，他也笑了，笑得很开心，很狂野，笑声伴着泪花。

军训结束之后，大家各归其位。他的组员依旧是他的领导，他依旧是一名普通员工。自此之后，每当领导给他布置工作的时候，他都会说上一句“保证完成任务”。在军训时，张扬曾经要求组员接受任务时喊上一句“保证完成任务”，现在轮到张扬主动向领导说这句话了。领导点头微笑着说：“小张角色转换真快!”

张扬，在他身上再也找不到酒疯子的影子了。取而代之的是一位勤劳的员工，一位称职的军人，一位有责任感的男人。

芙蓉姐姐

一天晚上，我受邀到荷花池医院做医务人员培训。讲课期间，院办公室行政人员芙蓉姐姐跑到台上看电源插头是否插好，弯腰检查时，三个硬币从她上衣口袋中滑出，“呯、呯、呯”，随着三声清脆的响声，硬币砸到了讲台的木地板上，吸引了台下所有人的目光。硬币在讲台地板上滚动，她跟在后面追赶，拾起硬币，重新装回上衣口袋里。

一刻钟之后，芙蓉姐姐似乎又想起了什么，再一次跑到台上看插头，弯腰时三个硬币又滑到了地板上，“呯、呯、呯”，同样的三下，她又在台上表演起了追赶硬币的游戏……所有的目光又一次被她吸引过去了。

又过了半个小时，芙蓉姐姐突然心血来潮，又冲上讲台看插座，“呯、呯、呯”，我的讲课再次被打断，台下的听众开始骚动起来，有人骂她：“浆糊脑袋”、“榆木脑袋”、“花岗岩脑袋”……几近发疯的院长冲上来，把芙蓉姐姐一把拽下台去，并直接打发她离开了会场。

喜剧演员陈佩斯说过：“角色不重要，关键看你会不会抢戏！”一夜之间，芙蓉姐姐成了医院的名人。第二天，很多员工也在上衣口袋里放上三个硬币，寻找那种“呯、呯、呯”的感觉。

善于炒作的宣传科在医院网站上报道了芙蓉姐姐的传奇故事，荷花池卫生局也邀请她在卫生系统做专场报告会，报告题目是“捡硬币的技巧”。该演讲引起了卫生系统的强烈反响，随后荷花池电视台、荷花池晚报等各大媒体全方位地报道她的传奇故事。

门户网站“旧浪网”转载了芙蓉姐姐的新闻，狗仔队随即挖掘出芙蓉姐姐的来世今生，在全国范围引起了强烈反响，她终于从凡人变成了名人。

后来，拽芙蓉姐姐下台的院长也按捺不住内心的仰慕，居然拿着本子找她签名留念。院长拿着签名在全国巡回演讲，演讲题目叫“如何管理芙蓉姐姐”。医院招牌早已跟上商业化的脚步换成了“芙蓉姐姐故居”，成了当地的旅游胜地。

医院的医务人员也都沾着她的光，走上了各式各样的发财之路。有人去做专业讲师，演讲题目自然是“我是如何做芙蓉姐姐的同事的”、“芙蓉姐姐的那些破事儿”、“我与芙蓉姐姐的一段感情纠葛”。有人开设了“芙蓉姐姐专卖店”，专售芙蓉姐姐当天晚上穿过的皮鞋、衣服之类，听说现在市面上流传着一万多双芙蓉姐姐当晚穿过的皮鞋……有人开设“芙蓉姐姐驴肉饼”专卖店，并迅速扩张，几个月之内就开设了100余家“芙蓉姐姐驴肉饼”分店，大家都说芙蓉姐姐的驴肉又嫩又香。有人开设了“芙蓉姐夫咖啡厅”、“芙蓉姐夫茶馆”、“芙蓉姐夫足浴”……用当地农民的话说：“现在是芙蓉姐夫满天飞了，只要是雄性，都号称是芙蓉姐夫。”我也不用再讲枯燥的管理课了，专攻一个快乐的主题：“我与芙蓉姐姐的那个晚上……”

尘埃人

【概念】我是飘浮在空中的一粒尘埃，我的爸爸是混世魔王程咬金，我的爷爷是纸上谈兵的赵括。

【目的】通过忽悠别人，达到忽悠自己的目的。

【症状】来无影，去无踪。上不着天，下不着地。

【结果】随遇而安，最后的落点就是我的归宿。

【武器】隐形战斗机。

不要说我懂得不多，大江南北的东西啥没见过？出道多年，虚虚实实，油滑油滑的，想抓住我太难了。你跟我讲道理，我就给你耍流氓；你要给我耍流氓，我就跟你讲道理；你要道理流氓一起上，我就和你“躲猫猫”。

我并不孤独，我的同道也很多：

经济学家炒股有几个不亏呢？那几个不亏的，哪个又没有内幕呢？

搞文艺评论的，有几人能写出像样的文章呢？他们拿别人的文章当教材，却把别人骂得一无是处。

诸多选秀节目的评委，有几人懂得艺术的真谛？从评比结果的大相径庭就知道整个评价质量糟糕透顶。不是真的不懂艺术（没有品味艺术的水准），就是假装不懂艺术（有艺术的品味，没有正直的人品）。

这些人物，凭借游刃有余的虚招，把小日子混得有滋有味。唯独我尘埃人不能混么？别人运筹帷幄，决胜千里；我运筹帷幄，决胜帷幄。双眼盯着电脑，脑袋发麻，眼睛发直，目光慢慢地游离了，正如白蛇娘娘碰上了雄黄酒，现出了原形，我看到自己变成了一粒飘浮在空中的尘埃。

一眼能看透我的上司很少。面试的时候，侃侃而谈：我把自己打死蟑螂的故事，讲得比武松打虎的故事还要精彩。刚入职时让上司眼前一亮。真正到了打蟑螂的现场，我让上司的眼前一黑。

别人的工作像快刀切菜一样，干净利落；又像跳恰恰舞一样，“恰恰、恰恰恰”，明快的节奏，关键的时刻都踩到了关键点。在我的工作中，你别指望有什么“恰恰恰”的清脆声：或心浮气躁地飘在空中，或拖泥带水地变成了一堆稀泥。没有计划，没有效率，不讲套路，不管结果，随意的落点就是我的归宿，这就是随遇而安的最高境界吧。

工作略知一二，但让我沉下心来做一件事很困难，热情最多持续五分钟。一辈子没有从头到尾做出一件好事，但我也不是什么坏蛋，因为我也没有耐心干一件彻头彻尾的坏事。

别人刚入职时往往是从低职位往上做，像爬梯子一样节节升高；而我是从高职位往下做，像坐滑翔机一样处处让贤。我身上的伪装物被上司一层一层地扒掉了，当最糟糕的一张底牌被上司识破之后，我又开始了新的求职之旅。别人要离职，老板会真诚地挽留；我要离职，全体员工欢呼雀跃：“送瘟神啦！”放心吧，找份工作并不难，本人最大的强项就是面试。咱工作过的公司无数，是见过大世面的人物。对面试官提出的几个白痴级的问题倒背如流，面试就像玩游戏一样简单。

扪心自问，作为公民，我不是坏人；作为员工，却没做什么好事。如果有四个尘埃人混到了公司的重要岗位，足以把公司抬得很高，飘得很远，摔得很惨，死得很难看。

玻璃人

在竞技场上有两种对手让人害怕：

第一种对手叫“铁人”。他在同一时代没有竞争对手，强大到让其他人望而生畏、望而却步，多年难得出一个这样的奇才。如韩国的围棋高手李昌镐，中国人尊称他为“石佛”。在他鼎盛时期，所有的围棋高手在他面前都不得不“鸡蛋碰石佛——头破血流”。“石佛”达到了独孤求败的境界，让同时代的棋手发出“既生瑜，何生亮”的叹息。在职场上，如果你是这样的“牛人”，不仅是你的幸运，更是全社会的幸运。

第二种对手叫“不倒翁”。从表面上看，他是一副弱不禁风的样子，完全让对手蔑视。但当你与他交手后，你才发现他的可怕。每次你把他击倒后，他经过短时间的调整便又站了起来。经过一次摔倒之后，他都会变得比以前更加强大。这种对手像一块牛皮糖缠着你，打不死，甩不掉。你可以把他击倒 99 次，但他能第 100 次站起来；当他抓住一次机会把你击倒，可能就是一招致命，让你永远没有站起来的机会。真正的强者，在夜深人静时自己把受伤的心掏出来缝缝补补，完事了再塞回去，第二天又是一个全新的自我出现在公众面前。

“铁人”以天赋为主，后天的努力为辅，这类人凤毛麟角，是时代的标杆与旗帜；“不倒翁”则以意志力为主，天赋为辅，这类人凭借的是后天修炼，各行各业并不少见。

除了以上两类人以外，还有一类人叫“玻璃人”。他看似强大，外表光鲜，但耐力差，韧性差，可塑性更差。狭路相逢时，只要你稍稍坚持一下，溃败的总是这类人。“今乘异产以从戎事，及惧而变……外强中干，进退不可，周旋不能，君必悔之。”《左传·僖公十五年》记载，战国时期的晋国国君引进了一种外表高大威猛、实则虚弱的战马，用这种马套着战车去与秦国作战，结果一败涂地。这就是几千年前史书中描写的“玻璃马”。

美国 NBA 的火箭队曾拿出了一群优秀球员与魔术队交换得分王麦蒂，媒体曾评论说：“火箭迟早会后悔的！”麦蒂加入火箭队之后，几乎没有一个完美表现的赛季。从背部老伤到膝盖、手臂等都出现了问题，成了一碰就碎的“玻璃人”。表面上看，麦蒂得分记录也算得上光彩照人，但在关键时刻却缺少“一锤定音”的巨星风采。有时候竞技场上的 99 分与 0 分没有本质区别。一个人的意志薄弱会像传染病一样影响其他人，我感觉场上奔跑的麦蒂还没场下呐喊的老将穆大叔对球队的贡献大，因为麦蒂永远不可能有穆大叔那种钢铁般的意志。

玻璃人最明显的特征是平时表现有些闪光点，但到关键的时候肯定会“掉链子”，这种人最多只能协助完成一些辅助性工作，靠他的小聪明为公司出力。如果上司对他寄予厚望，把他当成独当一面的帅才，当成左右企业命运的顶梁柱，其结果往往会酿成“街亭失守”的惨局。

要让玻璃人变得强大，有两种方法。第一，把普通玻璃变为钢化玻璃。通过在小事情上不断地磨炼，玻璃人抗摔打能力就会变强，磨炼的过程就是玻璃钢化的过程。如果上司没有做到知人善任，突然给玻璃人加压，结果只能得到一地玻璃碎片了。第二，给玻璃人加上保护膜。利用玻璃人的灵光一现为组织出力，左右全局的重任由其他人完成。如燕国秦武阳，在 12 岁时就有杀人的胆识。他在村子里抓抓小偷，做做乡镇安保工作，也能出色完成任务。但要他承担刺杀威严秦王的重任，确实勉为其难了，充其量只能让他跟在荆轲后面拎拎包。

小和尚撞钟

一个小和尚在寺庙里担任撞钟之职。他认为这个工作太简单了，不就是早晚各撞一次钟吗？让小和尚万万没有想到的是：三个月之后，方丈认为他不称职，取消了他的撞钟资格，让他到后院劈柴挑水。小和尚很不服气地找方丈理论："难道大家不能听见我撞的钟声吗？难道我撞的钟不够准时吗？""够响，够准时。""那您为什么认为我不称职呢？撞钟的要求不就是这两点吗？""你撞的钟声很响，但空泛、单调、疲软，缺乏圆润、浑厚、韵律、深沉、悠远、内涵……钟声不仅是寺院作息的铃声，更是唤醒沉迷众生的警钟。你是用手在撞钟，没有用心去撞钟啊！心中无钟，即是无佛。不虔诚、不敬业，怎能担当神圣的撞钟职责呢？"小和尚万分惭愧，无言以对。

管理学大师汤姆·彼得斯说："如果说不出你能怎样使公司受益，那你就该走人了。"朗费鲁说："我们的目标和道路不是享乐，也不是受苦，而是一种奉献与责任。一个人无论从事何种职业，都应尽心尽责，求得不断的进步。"这些话与每个人的职业生涯息息相关，影响着你的生活，决定着你的命运。无论职位高低，你应该怎样规划工作，应该怎样逐步实施，应该怎样精益求精，这些是每个人每天都应该仔细思考的问题，不需要等着别人来告诉你。

想想身边的成功者，又有谁是在无心撞钟呢？对待自己的工作，需要的是以母亲对待孩子般的责任和爱来全力投入。你的成果本身就是你的孩子，你的工作就是你在这个世界上存在的价值。扪心自问，你是否真的履行了一位母亲的责任呢？

任何岗位上的不称职，任何员工的不用心，都可以把公司的发展和自己的事业置于死地。在广州商品交易会上，一个美国公司准备采购大宗商品，他们在会上与国内某企业达成了意向性协议，给这个企业打过几个电话后，美国公司决定取消订单。国内这家企业感到很意外，赶紧打电话询问取消订单的原因。美国公司答复：“我们的意向是从中国两家企业中选择一家做长期战略合作伙伴，贵公司是候选者之一。但贵公司的总机语音留言有气无力，而另一家企业的总机语音留言亲切甜美、热情洋溢，让我们感受到了活力与希望。我们自然会选择一家更有生命力的企业作为长期合作伙伴。虽然这两家企业我们都没有做过实地考察，但从这些细节中我们可以感受到你们迥然不同的企业文化、精神面貌、管理风格及未来前景。”

任何岗位都要全力以赴，这不仅是工作原则，也是做人原则。如果没有尽职尽责的态度，人生就变得毫无意义。你一旦领悟“全力以赴，平庸变伟大”之后，就拥有了打开成功之门的钥匙，在任何岗位都会发出耀眼的光芒。

无论职位高低，每一个职位都是社会必不可少的角色，你应该如何扮演好自己的角色呢？一名公交车售票员，在自己管辖的公交车上做了一系列的工作：冬天坐椅凉，她很细心地给每把椅子铺上一个棉垫；上下班高峰时间，车内时常拥挤不堪，乘客拿着东西不方便站稳，她在车门附近的栏杆上给大家准备了挂钩，方便乘客挂物品……她的脸上每天都洋溢着热情的微笑，举手投足间处处都是温情，她的敬业行为引起了媒体的高度关注，掀起了全市窗口服务行业的新一轮学习热潮。

我时常想，如果一家医院的服务也能做到这种程度，院长就每晚能睡上安稳觉了，不至于诚惶诚恐地保持手机 24 小时开机。说到这儿，我突然想起了令人羡慕的大连某医院的院长。去年我应邀到那家医院做培训，培训结束后，准备乘坐次日上午的飞机返京。飞机九点起飞，我们预计七点从大连郊县出发。因天气预报第二天是晴天，大家都安心地睡觉了。凌晨四点多钟，司机小高突然来敲门，他说外面下起了大雪，为了不耽误行程，建议我五点出发。路上我问小高：“你怎么这么早就醒了?”小高笑着告诉我：“天有不测风云，不能完全相信天气预报。我把闹钟定在三点，那时候起床看天色不好，再也不敢睡觉了，担心误事。四点果然下雪了，于是就提前叫醒了你们。”未雨绸缪已经成为他的工作习惯，每当遇到类似的情形，他总能应对自如。一个人具备良好的习惯和品质，用心做事，在工作中总会出彩。小高一如既往的表现得到了院领导的肯定，职位由原来的小车司机逐渐升为车队队长、院办主任。院长说：“只要交给他的事，就不用我再过问了；只要他走过的地方，问题肯定被发现，漏洞肯定被堵住。”

小和尚、接线员、售票员、司机都是小职务，好像距离核心岗位千里之遥，容易被别人忽视。其实，被别人忽视的原因是你自己忽视了自己。你躺在办公椅上懒洋洋地混生活，一不小心可能被生活给混掉了。

【第四篇】

工作之美

是谁在乱搞“男女关系”？

出差回来，小张诡秘地告诉我：“某男与某女发生了不正常的男女关系，在单位闹得沸沸扬扬。”估计除了某男与某女之外，所有的人都知道了这件事。

我诧异地问：“你是怎么知道的？是你从床上抓到他们了吗？”

小张嘿嘿干笑：“你真会开玩笑，他有这个艳福，我可没这个眼福啊！是小李告诉我的。”

我去问小李是怎么知道的，小李说是小叶告诉她的。我去问小叶，小叶说是小陈告诉她的。我又找小陈，小陈说是小刘告诉她的。

我又找小刘，小刘告诉我：“小孙一直怀疑某男与某女之间的关系不正常，我还半信半疑。这次碰到了一件事，让我相信小孙的怀疑是真的。”

“什么事情？”

“在一个风雨交加、伸手不见五指的夜晚，我到行政楼去办点急事，发现办公室里还有灯光。你猜猜我看到了什么？”

“我猜不着，你直接告诉我吧。”

“偌大一个办公楼，就某男与某女在里面，你说这正常吗？我们单位 100 多名行政人员都没有加班，就他们两个加班你说这正常吗？还是在一个特殊天气的日子。”

“有什么不正常？”

“100 多人要排列组合出只有他们两个人加班，而且正巧在 60 年一遇的暴风雨天气的日子里，你说这个概率是多少？几亿分之一啊！”

我又去找小孙，问她怀疑某男与某女有不正当关系的理由。

小孙告诉我：“半年前单位组织舞会，某男请某女跳了五曲，只请我跳了一曲，而且某男请某女跳舞时身子贴得很近，与我跳舞离得很远。”

小孙的话乍一听好像有点道理，但我静下来推敲，简直是无稽之谈：某女与某男跳舞之所以离得近是因为某女偏瘦，离得太远抓不住啊！而小孙比“肥姐”还要胖两圈，正如海上吨位大的船，它想停在离岸近一点的地方，却靠不过去啊！

至于小刘提到的概率问题，本人数学学得不好，不想做精确计算。我只想列举几个简单的假设推断：如果某男和小刘在一起加班，那大家可能就开始讲某男与小刘的关系不正常了；如果是某男、某女、小刘三个人在一起加班，大家可能会讲“三角恋”；如果是大男与小女加班，大家可能会讲“老牛吃嫩草”；如果是大女与小男加班，大家可能会讲“姐弟恋”；如果是老男与老女加班，大家可能会讲“黄昏恋”；如果是某女与某女加班，大家可能会讲“同性恋”……

过去，我相信无风不起浪，今天仍然相信这个真理，但风从何而来？厕所里、枕头边、咖啡厅、休息室，某人把他的舌头一鼓瑟，整个单位就掀起了狂风巨浪。在得不到艳福、眼福的情况下，只好享受一下“口福”——这就是兴风作浪的由来。

谁都有可能成为谣言的主角，一不小心，自己就会“被”成名了。但凡遇到这种情况，心理承受能力不强的人，多半会急火攻心，找人理论，发表声明，喝药上吊……结果事情越描越黑，娱乐了别人，葬送了自己。试问：“哪个人前不说人？谁人背后无人说？”若是听到了有关自己的风言风语，先要想想这话是从何说起，再想想自己应该如何从源头杜绝，还要想想这股风为什么会刮起来。若是自己的无心招惹了麻烦，就当这是一个警示；若是本无此事，便不要太放在心上，否则正好中了煽风者的圈套。走自己的路，坦然地“被”别人去说吧！时间久了，煽风者自觉无趣，转而寻找下一个娱乐目标了。

分分合合为哪般？

分裂是分分秒秒的事

德国政府与中国政府签订一个学习培训的项目合同。中方每年派学员到德国学习，每期三个月，每个学习班约 30 人。鉴于中国学员的饮食习惯，酒店设立了自助厨房，免费供应煤气。每期学员抵达后自发购置厨房用具，埋锅做饭。

因人多锅小，大家根据口味不同分成几个进餐小组，自由组合，费用均摊。几天之后，因食量、作息时间等问题各小组内又出现了不和谐的声音，大家自由组合，小组越分越小。每个组基本上只剩两个人。我想这下应该可以做到臭味相投了吧？遗憾的是仍然行不通。每个人只能容忍自己身上的臭味，闻不得别人身上的臭味，最后几乎都单干了，进餐小组宣告破产。每位学员一人一锅、一铲、一刀、一个电饭煲、一套佐料……

回国的时候，学员们觉得扔掉这套配置挺可惜的，至少可以作为欧洲之行的纪念吧！他们纷纷把厨具打包运回国内，出国学习考察团变成了实实在在的德国厨具采购团。

回国之后，政府组织学员谈出国的收获。有人回答："三个月学会了炒一手中国菜。"领导惊讶地问："咱们又不是厨师培训班。你们跟谁学的呀？"学员爽快地回答："自学成才嘛。"

中方曾与德方负责人交涉，建议他们为学习班准备几套厨房用品，以免每次学员自行购置太麻烦。德方回复："酒店为学员投入很大，铺设煤气管道，配置大型厨具、洗衣房、健身房等，对于锅碗瓢盆之类的日常用品，我们怎么会考虑不到呢？我们已经准备过很多套厨房用品了。但刀撬罐头被折断了，锅的柄被烧掉了，佐料盒被当成了烟灰缸，洗衣机损坏了……仅仅三个月，所有的东西都被破坏了。我们实在没办法，只能让下一批学员自己准备了。"

中方无语。

学习班不仅吃饭吃不到一起，连娱乐活动也玩不到一起。四川人爱打麻将，湖北人爱斗地主，东北人爱打长牌，上海人爱下围棋。大伙好不容易凑齐了四个打麻将的人手，但打了两局，因规则不同，还是不欢而散。课后唯一的消遣就是倒在床上蒙头大睡。

合作是何年何月的事

大家都熟悉一个典故：日本人喜欢下围棋，讲究大局观，为整体的利益可以牺牲局部的棋子。美国人喜欢打桥牌，讲究联盟观，与合作伙伴同舟共济。中国人喜欢打麻将，喜欢孤军作战，盯着上家，防住下家，自己和不了牌，别人也休想和。

德国学习考察团的故事，正是中国人麻将精神的极好体现。宁可浪费自己的资源（每人都配了一套炊具）、浪费时间（每人花上一小时外出采购，可能仅仅为了买一斤白菜），宁可失去相互学习交流的机会……宁可自己亏一点，也不能让别人占到便宜。

中国人难以合作的另一个原因：当我们追求利益最大化的时候，我们没有考虑别人能否忍受利益的损失。在合作之前，并不是想到双赢，而是打着自己的小算盘："利益是你的，也是我的，但归根结底还是我的。因为你前辈子欠我的!"

别人凭什么与你合作？第一要想到合作对别人会有什么好处，这些好处是否让别人愿意合作；第二才考虑自己通过合作得到什么利益；第三考虑如何找到大家都能接受的利益平衡点，保证合作的稳定性与长久性。第一个问题没有想清楚之前，完全没必要一厢情愿地考虑第二个问题。

有位老兄，在与别人合作之前，口口声声强调别人的利益，初次接触也觉得他很真诚。他用一点小诱饵把别人引上钩，趁别人放松警惕时，手起刀落，很麻利地"宰"别人一刀。他欺骗了他的兄弟姐妹、老师同学。当小镇上的人都识破了他的嘴脸，他就转到县城去骗；当县里的人都警惕了，他就转到省城去骗。他的人生哲学是："中国人这么多，只要十个人中有一个上当，我就成了亿万富翁。"正当他准备骗出国门、走向世界的时候，他受到了法律的制裁。在法律面前，他彻底"摆烂"：畏罪自杀。

与别人合作，不仅要考虑合作双方的利益，还要考虑组织的利益。战国时期的蔺相如多次立功，完璧归赵，被赵王重用，担任了赵国的宰相。廉颇老将军居功自傲，十分不服气，处处刁难他。为了国家利益的大局，蔺相如对廉颇处处相让。在明白了蔺相如的良苦用心之后，廉颇感到万分惭愧，他亲自到宰相府负荆请罪。后来，他们在处理国家事务中精诚合作，使赵国日渐强大起来，“将相和”也被传为历史佳话。他们牺牲了个人短期利益，成就了国家的宏伟目标。

自然界的合作无处不在。在蚂蚁家族中，有着复杂却又严格的分工。工蚁负责探路和寻找食物，兵蚁肩负蚁巢的安全保障任务，蚁后则繁衍后代。蚂蚁家族正是凭借每个成员的合作精神而生存下来。

扪心自问，是什么原因让合作变得如此之难呢？有人抱怨，一个日本人是一条虫，三个日本人是一条龙；一个中国人是一条龙，三个中国人是一条虫。但中华民族并不是天性不爱合作的民族，“你耕田来我织布，我挑水来你浇园”，这正是中国人最古老、最真挚、最崇高的合作典范。

比海宽广的胸怀

晚上，一位老禅师在院子里散步，突然看见墙角边有一把椅子，他一看便知道有人违规越墙而出了。老禅师没有声张，走到墙边，移开椅子，就地打坐等待。过了一会，一个小和尚翻墙而入。当双脚着地时，他才发觉刚才踏的不是椅子，而是师父的脊背。小和尚惊慌失措，瞠目结舌。让小和尚意外的是，师父并没有厉声责备，他只是平静地说："夜深天凉，快去加一件衣服吧。"老禅师的宽容让弟子备感自责，从此以后，他再也没有违规外出了。

学会宽容，理解"忍"的价值。

在生活中，我们有高远的志向和眼界，才可能有博大的胸怀；有博大的胸怀，才不会陷入琐碎的小事而不能自拔，才能做出大事业。忍是"心字头上一把刀"，当一个人修身养性达到一定境界后，这把刀既不会刺伤别人，也不会刺伤自己，反而成为磨炼心志的健身器材。那些心胸狭窄、鼠目寸光、唯利是图、唯我独尊的人永远感受不到这把刀的妙用。

拥有宽容的心态无疑也是维系家庭和睦的重要纽带。唐高宗时，山东寿张县有一个叫张公艺的老人，九世同堂。唐高宗途经寿张县时，专门驾临张宅拜访，看到这个大家族其乐融融，和睦共处。唐高宗很羡慕，好奇地问老人其中的窍门。张公艺随即写了一百个“忍”字，呈献给皇帝。唐高宗深有感触地说：“噢，这便是知足常乐，宽容大度，能忍自安了！有理，有理呀！”

学会宽容，理解“让”的价值。

除了有“忍”的境界，更要有“让”的行为。给别人留出足够的空间，给自己一份好心情。清朝时期，宰相张廷玉与一位姓叶的侍郎都是安徽桐城人。两家毗邻而居，修建房子时，为地皮发生了争执。张老夫人一怒之下修书京城，要宰相出面干预。这位宰相到底见识不凡，看罢来信，立即作诗劝导夫人：“千里家书只为墙，再让三尺又何妨？万里长城今犹在，不见当年秦始皇。”张母见书明理，立即主动把墙退后三尺；叶家见此情景，深感惭愧，也把墙让后了三尺。这样，张叶两家的院墙之间形成了六尺宽的巷道，这就是历史上有名的“六尺巷”。让出几分宅基地，换来邻里的和睦相处，成就了流芳百世的美名。四川青城山有一副对联：“事在人为，休言万般皆是命；境由心造，退后一步自然宽。”

学会宽容，允许不同的思想和行为的交融。

俗话说：人上一百，形形色色；林子大了，什么鸟都有。和谐生活需要彼此都拥有宽容的心态，坚持自己的个性，也能接受他人的不同。宽容是现代人适应社会的必备素质，也是必要的选择。对于持不同意见的人，在不涉及大是大非的前提下，不应该打击、贬低与排斥，而应当学会宽容、接受与赞美。只要你生活在这个世界上，你就没法回避性格上的差异性。

在工作或生活中，人与人难免会出现观念上的分歧。如果没有宽容，相互不能容忍，很容易引发家人或同事之间的冲突。我们常常见到，有些人因为观念上的分歧、工作上的摩擦、利益上的不公、语言上的不雅、礼节上的不周、习惯上的不同而大动干戈。宽容待人，就是从心理上接纳别人，理解别人的处世方法，尊重别人的处世原则。

萧寒曾提出六大容人之处："容人之长、容人之短、容人个性、容人之过、容人之功和容己之仇。容忍越多，获得的尊重和爱戴就越多，成功的希望也就越大。"如果有些事情实在无法宽容的时候，你可以到健身房发泄情绪；你可以去登山、去观海，感受世界之博大，人类之渺小。

宽容不代表认同，而是一种放下。

思想的认知不同，我们允许不同的思想存在。我们并不赞同别人的观念，但也不一定非要反对他，赞同与反对之间的第三条路就是"放下"。我们给别人第三条路，也是给了自己第三条路。只有放下才能有思想上的百家争鸣。子曰："君子和而不同，小人同而不和。"意思是说："在人际交往中，君子能够与他人保持一种和谐友善的关系，但在具体问题上却不必苟同于对方。小人表面上迎合别人的观点，但在内心深处并不抱有和谐友善的态度。"

宽容地对待自己，心灵多一份慰藉。

人非圣贤，孰能无过。只要能认清自己，正视自己的缺点或错误，并不断克服或纠正它，就已经是一种成功了。认识到错误就相当于改进了一半，如果对自己太苛刻、太自责，反而会给自己增加心理上的压力，影响今后的正常生活与工作。子曰："朝闻道，夕死可矣。"我们何不用自责的时间为自己制定一份改进工作的计划表呢?

宽容是以法律道德为基准的。

如果我们放任违法乱纪的行为危害社会与他人，这就不是宽容，而是纵容。这也是大家常常说的——真理与谬误往往只有一步之遥。我们需要坚决地拿起法律武器制裁那些做出不良行为的人，伸张社会正义。不能对这种行为熟视无睹，把自己的孱弱与无知当成宽容的美德；更不能放弃自己的做人原则，同流合污，随波逐流，让自己迷失在宽容的假象里。好人说你是个好人，是一件好事；坏人说你是个好人，不一定是件好事。

法国大文豪雨果说过：“世界上最宽阔的东西是海洋，比海洋更宽阔的是天空，比天空更宽阔的是人的胸怀。”心越宽，路越宽。成功的机会越多，快乐就越多。

血缘关系

中国人特别讲究亲情，特别是三代以内的亲情，父母依靠子女养老，子女依偎在父母身边享受家的温情。几千年以来，三世同堂、四世同堂成了家庭幸福与繁荣的象征。

中国血缘关系的第一核心圆圈就是自我。有些家长及小学老师在对孩子启蒙教育时就灌输功利思想：读书就是为了将来得到别人的尊重和拥有显赫的地位。一位同事的儿子才两岁多，刚会说话，拿出一本书哼哼唧唧装模作样地读书。同事问他在干什么，小孩回答："我在读书，读了书就能赚钱啊！"五岁时就能背诵："家无读书子，官从何处来。"同事是当作一个笑话讲给我听的，他并没有认识到问题的严重性。如果高校教授也默认这种观点，那整个社会的价值导向就存在大问题了。很多中国人的第一理想就是做官。看看中国人对公务员考试的趋之若鹜就能明白官本位思想的根深蒂固。有人反驳："我考公务员，就是想做人民的公仆。"虽然这句话抛出来掷地有声，但其注脚仍然逃不出中国五岁小孩的心声，逃不出中国五千年的封建帝王思想。

从各个岗位的报考人数看，可能捞到实权和油水的岗位竞争尤为激烈，一个岗位数千人去竞争。一些真正为社会做贡献的“公仆类”岗位却门庭冷落，如“社区服务”、“环境卫生”等。如果和尚出家的动机就是想掏功德箱里的钱财，那能修得大乘佛法吗？其次是想做老板。中国很多地方有法不依、执法不严的现象比较严重，有钱的花钱买权，有权的仗权敛财，形成官商勾结、狼狈为奸的局面。再次是做学者。别人不会有事来求你，你也没有事求别人，明哲保身领得一份稳定的薪水养家糊口。没有谁的理想是当工人和农民工。

血缘关系的第二个圆圈就是三口之家以及父母。记得我上中学时，政治老师想批判“三十亩地一头牛，老婆孩子热炕头”的封建观念，点名让一位男生谈谈对这句话的体会。男生坦诚地回答：“老师，如果您是想听假话，我就告诉您我们必须批判这种封建思想；如果您想听真话，我告诉您其实我也是这么想的！”这位男生的发言马上赢得了同学们的热烈掌声，老师无言以对，或许老师也是这么想的。

血缘关系的第三个圈子就是三到五代的亲戚，包括伯叔、舅舅、表亲。他们有类似的时代经历、共同的亲人、相同的回忆，所以有共同的语言，在困难时相互帮助与接济。随着生活节奏的加快及人口的流动性，这个圈子远没有过去牢固了。偶尔的电话问候、电子邮件、微信及 QQ 联络成了维系这个圈子的必要手段。

血缘关系的第四个圈子是宗族。同姓的人通过家谱把大家联系到一起，或者同姓的人重新建立新家谱，扩大自己家族的范围。随着互联网的广泛运用、国家拉动内需修建高速公路，这个圈子的联系得到了加强，尤其是某些姓氏在历史上出过名人，或者当今该姓氏有名人，或者有钱的人愿意出头张罗这件事。客观地讲，这些名人或者有钱人张罗这件事的目的不是家族兴旺或者家族责任感，而是感觉自己的光辉事迹写进中国历史的希望很渺茫，退而求其次吧，通过整理家谱，把自己的那点成就添油加醋地写进《宗族志》，供家族的后人学习仰慕。正如县领导在卸任前一定会整理《县志》，大企业的领导上台之后一定会重新整理企业画册，都是同样的道理。

血缘是一种最朴实的人际关系，中国很多政府官员、高级知识分子、普通老百姓都没有跳出这四个圈子，这四个圈子也是中国人对亲情最原始的表现形式，但它并不能代表社会关系的全部。如果思想禁锢在这四个圈子而不能自拔，随之而来的是思想的狭隘、自私与保守。

我们要让目光跳出这四个圈子，放眼世界，关注我们的同事、朋友，关注所有的熟人、陌生人、外国人、所有需要帮助的人们……这才算得上真正意义的大爱无疆。

四个圈子以外的人，与我们也有着共同的祖先，人类社会发展到今天已自成一脉。时代的前行应该伴随着胸怀的宽广和思想境界的提升。从母系氏族到父系氏族再到地球村，一代代繁衍生息，全人类早已是同宗同族了。这种大爱应该是人的本性，不要因为狭隘的爱制约了民族的发展与人类的进步。

都是攀比惹的祸

我与一位海外华人聊天，问他：“为什么要移居海外？”

我想朋友可能会说是子女原因、经济原因、环境原因之类，但朋友的回答让我感到意外：“因为在国内相互攀比，品头论足，人活得太累了。”

我问道：“通过比较促进进步，有什么不好的吗？”

朋友回答：“如果我们通过比较找差距，知道努力的方向未尝不可。但遗憾地说，大家比较的目的完全变味了。对于强者，大众的心态是羡慕嫉妒；对于弱者，不是帮助同情，而是打压嘲讽。”

朋友的观点是他对周围小环境的一种感受，难免会有偏颇，不能代表整个中国的现状。但攀比之风在某些地方的确存在，而且有愈演愈烈之势。先秦时代的攀比是一种美德，孟母通过比较，三次搬家为孩子选择更好的学习环境，这是“见贤思齐”的表现。历经几千年封建王朝的更迭，攀比也慢慢变味了。从几个成语可以看出攀比的历史变迁。攀比的目的是彰显个人的名利，而不是体现社会价值，如“衣锦还乡”、“光宗耀祖”；或者分得成功者的一杯羹，如“攀龙附凤”、“鸡犬升天”。

现在，攀比完全变成了很多中国人的精神枷锁，这是从我们的启蒙教育开始的。孩子上小学了，家长看到别人的孩子成绩好，不是回家和自己的孩子一起分析哪些方面需要提高，而是对自己的子女一顿臭骂：“你是怎么学习的？将来你给别人的儿子拎鞋别人都瞧不上。”给幼小的心灵播下了攀比的种子，不是良种，而是恶种，是一种心灵的扭曲。孩子上大学了，家长又开始比学校、比专业、比工作单位、比收入。如果父母在单位是同一级别的同事，别人的孩子上了北大清华，你的孩子在读技工学校，你在别人面前就低人一等，特别害怕别人讨论孩子的学习情况，碰到这样的讨论会，连躲都躲不及！

攀比之风弄得每个人内心都很矛盾。强者不敢示强，住着洋房，哭着叫穷；弱者不甘示弱，穷得叮当响，还要打肿了脸充胖子。

强者不敢示强有三个原因：

第一，残酷的现实反复给强者敲响警钟，枪打出头鸟，中国首富们的下场大家是有目共睹的。

第二，不少富豪在很多年以前就在违法乱纪，却一直没有受到应有的惩罚。一旦高调出场，公众就开始了“人肉搜索”，让他的劣迹败露出来。

第三，害怕承担更多的社会责任。强者手上掌握着更多的财富及资源，他们的财富及资源所得除了个人努力之外，还因为他们拥有广阔的平台及公共资源，因此，强者有义务承担更多的社会责任。中国慈善事业停滞不前，折射出中国富人缺乏相应的社会责任感。

弱者则想方设法硬撑着，生怕别人欺穷。社会上流传着一句“笑贫不笑娼”的俗语。听说哪个住宅小区是穷人区（往往是一些性价比更优的小区），虽然便宜，有些穷人也不敢去住。就算硬撑也要光鲜一点，最后这类房子反倒被一些中产阶级买走了，因为中产阶级没有这种心理伤疤。自己家里的经济条件够不上买车的标准，自己也根本不用开车上班，硬撑着也要买个摆设。自己的小孩根本没有必要进那些赞助费很高的学校，但担心别人认为自己交不起钱，让自己脸上无光，怕自己的孩子没有自信，也硬撑下来了。硬撑的结果就是想方设法补足财务窟窿，往往是越补窟窿越大。为了补足桌面上的窟窿，不惜在桌面下挖窟窿，竟然忘了“法网恢恢，疏而不漏”的警钟，最后付出惨痛的代价。

一位来自贫困山区的学生，刚刚毕业参加工作，待遇并不高，平时省吃俭用。每次回家的时候，他都买上一身昂贵的新衣服，给家人和邻居送贵重礼物，而这些是他平时连想都不敢想的奢侈品，说实在的，在山区也用不上这些奢侈品。我问他为什么要这样，他回答：“人在江湖，身不由己。”因为村里有几位考出来的大学生，还有几位外出做生意的小老板，大家都相互攀比。他的父母也给他施压：“你堂堂的北大毕业生，不要连泥瓦匠王二癞子都不如啊！”

一部分人成为攀比的牺牲品，混得不如别人，多年不敢回老家，无颜面对家乡父老。现实生活中得不到的东西，他们只有从虚拟的网络中去寻找，麻醉自己，甚至发展到仇恨社会的地步。

很遗憾的是，我们攀比的都是房子、车子、钞票、排场等外在的东西，很少比一些内涵的东西，如品德、奉献、素养、性格、健康、知识……

社会要恢复本我的特性，减少攀比的压力。有多少米做多少饭，有多大力办多大的事。从浮华的攀比中找回自我，去除焦虑、烦躁、虚荣的不健康心态，不要让攀比的心态压迫自己，束缚别人。

最后一课

杨老师终于要从南方的 Z 大学调到北方的 B 大学任教了，今天是杨老师在 Z 大学工作的最后一天。上午，杨老师办完调动手续，朋友已经帮她托运了行李，她已经订好了当晚飞往北方的机票。

杨老师已经上交了工作证，理论上她已经不是 Z 大学的老师了，但她今天下午还要为 Z 大学的学生讲授她的最后一课。事实上，她可以以各种借口敷衍这一课，她可以直接跟领导说："我要离开了，你们另行安排吧!"她可以让同事代课；她可以让研究生代课；她可以出几道思考题，让学生到图书馆查资料；她可以直接告诉学生："我要调走了，你们自便吧!"甚至，她可以不辞而别，Z 大学也拿她没辙，因为她已经不是 Z 大学的职工了。总之，千万条理由，杨老师可以不去讲授这最后的一课。

对于杨老师而言，最后半天的时间是何等宝贵！她多么想参加朋友为她准备的饯行宴，她多想到超市买一些土特产，她多想在校园内走走，感觉门前的斜阳，眺望风吹来的方向……平时她总是对自己说，身边的风景随时可以去看的，急什么呢？最后半天，真的有点急了。

下午，杨老师抛开种种私心杂念，和平时一样准时走进教室，讲授她最拿手的一课。她要用自己的压轴戏为这段人生画上一个圆满的句号。她在心里想，学生就是她的顾客，她的课能不能打动学生呢？整个课程有条不紊，与平时没有任何区别，学生也没有感觉到什么异样。

一向静谧的校园，今天似乎多了一丝躁动。窗外多了几只叽叽喳喳的小鸟，难道它们知道她要离开？树枝也随着她的声音起伏而轻轻地抖动，好像在为她的讲课和节拍。南方的细雨拉出了长长的银丝，交织着，在教室的玻璃上汇集成水滴，缓缓爬行……

课堂上，她一直没有告诉学生她要调走的消息，因为这不属于讲课的内容。她不想煽情，博得学生的不舍和眼泪。她清楚，学生需要这最后的一课，她更需要这最后的一课。她不想虎头蛇尾，给她在Z大学的八年经历留下缺憾。曾经有媒体报道，某教师讲课，因过度疲劳倒在讲台上，死去了。她被这位老师的敬业精神所感动，但她相信自己永远不会倒在讲台上。她一走上讲台，就处于忘我的状态，完全陶醉于课堂情景之中。对她而言，讲课完全是一种娱乐，一种享受，享受属于自己的讲台。当她对学生说话的时候，就像唱卡拉OK一样快乐，你听说过谁唱歌唱死的吗？她还会配上一些肢体语言，左手挥，右手摇，像练瑜伽一样地舒展，你听说过谁练瑜伽练死的吗？工作对身体是否有伤害，关键是看你的心态。如果你把工作当成苦差事，工作是对身体有伤害的；如果你把工作当成享受，工作对健康是有帮助的。

下课铃声响了，她拍拍手示意学生安静。她用凝重的语气说：“同学们，这是我在Z大学所讲的最后一课，感谢大家对我的支持，欢迎大家经常和我联系，欢迎大家到B大学做客。”热闹的教室马上变得鸦雀无声了，学生的情绪瞬间降到了冰点。

有学生问：“老师，您为什么不提前告诉我们？我们可以为您准备一点纪念品。”

她说：“你们今天的表现就是最好的纪念品！”

有学生问：“您为什么不在课堂上留点时间与我们道别呢？”

她说：“课堂讨论就是最好的道别。”

有学生说：“感谢您给我们传授那么多的知识。”

她说：“我感谢你们给了我一个讲台，一个舞台，一段难忘的人生经历。”

学生们默默地帮她收起了笔记本电脑，大家走上讲台和杨老师一一拥抱、道别。

杨老师用纸巾擦了擦湿润的眼睛，撑起一把小花伞，纤细的身影渐行渐远，慢慢地消失在蒙蒙细雨中……

渴望否定

如果我的观点有偏差，如果我的工作有错误，请您否定我！

您善意的否定会让我肃然起敬，因为否定别人是需要勇气的，毕竟说恭维话让说者顺嘴，听者顺耳。如果大家明知存在问题，却还违心地说假话，世界将充斥天大的谎言。

指出我的不足是给我学习改进的机会，老师可以通过肯定给学生自信，更需要通过否定让学生明白前进的方向与差距。

您否定的是我的观念，可能因为我的眼界、经历，甚至偏见，没有客观全面地看待问题，您的否定会让我豁然开朗。值得强调的是，您否定的是我的观念，而不是我这个人，下次我的观念改变了，您要肯定和表扬我，不能因为一次差错从此对我产生偏见。您推翻的是我的计划、设想或者工作成果，而不是推翻我的身心，所以，在推翻的过程中，不要有人身攻击，否则我会被您打翻在地，撞得鼻青脸肿了。学术界有一股歪风，因观点的不同而展开激烈的人身攻击。攻击得谁也惹不起您的时候，您就变成了“大佬”，变成了“权威”。争论的主题没过多久就被大家遗忘了，但您斗殴时狰狞的面孔可能成为受伤者的终身噩梦。

我不是跟您客气，或者假装谦虚。每个人都像站在舞台上的演员，表演的好坏有时自己也不知道，您的评价就像为我立了一面镜子，通过镜子我就能清楚地看见自己。

我会认真地考虑您的否定，但不一定会采纳您的建议。我要综合考虑其他许多人的建议，再做出综合的评判取舍，并且我也有我自己的主见。不要因为没有采纳您的建议，您就失望了，下次就“懒得说”了。您的建议没有被采纳，并不是没有发挥作用，至少让我开阔了视野，至少给我一次警示，至少证明您是一位非常正直、值得信赖的朋友！

您的否定在一定范围内肯定有您的道理和正确性，可能因为我自身的条件制约，暂时无法采纳您的建议，或者在我身上无法采纳，但在对我的孩子和学生的教育上或许会有作用，因此，您不仅是我的老师，还是我的孩子和学生的老师。

真正明智的人不爱听违背事实的恭维话，古代的很多明君常常微服私访，体察民情，发现问题。战国时期的齐威王更是奖励否定他的人。臣子向君主汇报工作时，总是描绘天下黎民在太平盛世中载歌载舞，其乐融融，而事实上老百姓过着水深火热的生活，载歌载舞是强制拉过去排练的几个镜头，载歌载舞的人只占社会的1%。不负责任的马屁精迟早是要误国误民的，敢于否定需要责任感和正义感。

我又不是古代的君王，何必跟我兜圈子呢？哪里没有做好，请您明示，因为我渴望否定！

制度只是底线

一位朋友经常抱怨在他上班的路上有一段限速的道路："好端端的一条路，凭什么要限速 60 公里？真不知道交管局是怎么想的！"这时总会有人站出来附和。乍一听我也觉得这位朋友说得很有道理。静下来思考，这段路的前后都允许跑到 100 公里，唯独在这儿限速 60 公里，一定有它的道理。当你按照 60 公里的要求行驶的时候，你是安全的，所以你不能明白为什么要限速 60 公里；当你跑到 100 公里的时候出事了，再明白限速 60 公里的道理却已经晚了；当你跑到了 100 公里仍然没有出事，也不能表示限速 60 公里是错误的，只是表明在 100 公里时出事的概率会更高。我们不要用自己的生命挑战 60 公里，相信在这个问题上交管局比我们专业得多。这是每位开车的人必须读懂的"60 公里理论"。

员工对组织制度的执行也是如此。制度分为两类：一类需要不偏不倚地按照要求去执行，这类制度称为"唯一性制度"。例如，针灸医生针刺某穴位，医学上要求的深度是 1 厘米，那么针刺 0.5 厘米或者 2

厘米都是错误。另一类制度是岗位的底线要求，连这个底线都达不到，你就不能算企业的员工了，这类制度称为“底线性制度”。

翻开很多企业的管理手册，我们发现大部分制度都是底线性制度。企业规定8点上班，并不是代表8点整你正好走到了办公室的门口，你就是优秀员工了。如果员工想每天踩准8点进办公室，一年迟到的次数估计是180次，可能不出一个月她就应该递交辞呈了，因为她没有达到制度要求的基本底线。某企业的管理非常散漫，既然很多人都要迟到一会儿，企业就遂了大家的心愿，改为“迟到5分钟不算迟到”。可人都是有惰性的，大家又想踩8点5分的点进办公室，结果还是迟到。企业无奈地改为迟到10分钟不算迟到，又改为迟到15分钟不算迟到……后来干脆出台了不算标准的“标准”：鉴于本市塞车严重，如果不能准点赶到办公室，只要提前打电话过来，都不算迟到。当大家都在欢呼雀跃、歌颂组织“人性化”管理的时候，一个“伟大”的企业已濒临倒闭了。

北京某医院的头颈外科病人很多，平时大家忙于工作，学习交流的机会很少。科主任安排每周一、周四提前一小时上班，进行专业知识学习交流。大家都是为自己学习，科室只是提供一个学习平台，因此，这一小时不算加班，很多医生特别珍惜这一小时的学习时间，甚至把它当成了科室的“福利”。前年冬天，主任也邀请我体验一次他们科室早晨的学习讨论会。结果当天早晨正好下大雪，我迟到了。但面对同样恶劣的天气，科室30多名医生，年轻的20岁出头，年长的70多岁，没有一个人迟到。这件事情让我心有余悸，幸亏我只是旁听者，如果我也是这儿的临床医生该怎么办？如果那天正好是我主讲，结果迟到了半小时，该如何收场呢？

一个具备一定规模的企业，员工表现优秀的20%，表现合格的60%，表现不达标的20%。有人反对我的说法："在我们企业100%的员工都是优秀的!"但只要有考核，绝对不是所有的员工都是一样高的分数，这样就出现了好、中、差的区别，处于后20%的员工，随时都有被淘汰的风险。大家都进步了，组织发展了，对大家的要求也就水涨船高了，因为以底线性制度为基准，向上追求卓越是没有止境的，好与差的评价是相互比较的结果。

企业发展了，你没有发展，你就掉队了；企业发展快了，你发展慢了，你还是掉队了；别人发展了，你没有发展，你也掉队了；别人发展快了，你发展慢了，你同样掉队了。领导为你指明前进的方向，你只能靠自己起早贪黑地追赶，靠你的双腿跟上组织的节奏。不要以为你达到了制度的要求就多么了不起，这只代表你是"达标"员工，离"优秀"还远着呢！很多制度只是底线，而不要误认为它是职场的最高准则。

会场“现形记”

懒人的瞌睡多，官僚的会议多。

公司副经理陈小花的主要职能就是开会，集团公司每周有大大小小各种会议三四十个，学文件、听精神、抓思想、搞作风。陈小花大部分的工作时间都在会场，别人是泡吧、泡茶馆，小花的工作就是泡会。

集团公司毛董事长是一位官腔十足的领导，自诩与某伟人的长相很像，每天模仿伟人的语音、神态、夹香烟的方式，甚至苦练伟人的乡音，惟妙惟肖，几乎达到了做特型演员的水准。

毛董事长闲着没事干的时候，唯一的乐趣就是找人开会，会场成了他再现伟人风采的舞台。一杯茶，一支烟，成了他在会场的必备道具。不得不散会的原因是香烟抽完了，要去买烟了。

毛董事长开会讲排场，10 个人可以讨论解决的会议，他会折腾出 100 人；100 人的会议折腾出 1 000 人。有一次，他召开分公司总经理会议，人头数倒是凑齐了，但人事处核实发现一半的参会人员是普通员工，因每次会议要签到，很多分公司的领导无奈之下派员工冒名顶替了。

毛董事长气愤地说道：“我们是开经理级别的会议，而你们竟敢派普通员工冒名顶替，公司的指示怎能有效传达与执行呢？如果经理缺席，整个会议就变味了！”随后，毛董事长严厉处罚了缺席的经理。这件事之后没过多久，毛董事长为挽回颜面又召开了一次专题会，讨论“会风”问题。上有政策，下有对策，参会者倒是悉数到场了，但整个会场的情况又是怎样的呢？

坐在前面几排的往往是级别比较高的领导。装模作样地听，有时还点头与主席台上的领导做目光交流。你看坐在第一排旁边的那个年轻人，他是董事长的秘书，假装在做笔记，事实上他是在准备下一场会议的讲话稿。你别看有些员工眼睛瞪得像铜铃，事实上，他们都有瞪着眼睛睡大觉的本事。

坐在中间几排的，都是集团公司的骨干。他们想坐在后面几排，但又不敢，位置表明了态度。靠过道坐的几位仁兄不停地回头看后面的门，仿佛门比领导的脸更有魅力，随时准备趁守门人打瞌睡时溜走。远离过道的参会者没有逃跑的企图，职别摆在那儿，你敢跑吗？你明天还想不想吃饭啊？但远离过道也有优势，干私事更安全。因此，他们都是带着“家伙”来的，有背英语单词的，有读专业书籍的，有看微信的。还有人仗着自己的眼睛小，眯着眼睛装酷，事实上正在玩手机游戏呢！

坐在后面两排的更悠闲，从座位上就知道他们的处境，在集团公司早已被边缘化了。有些快退休了，有些升迁无望了，有些没能力但有后台，领导也不能拿他怎么样。这伙人更是肆无忌惮：有人在剪指甲，有人对着化妆镜补妆，还有人趴在同事的肩上睡觉，把同事的长发当成伪装物。

每次开会，毛董事长的发言内容相近，用词雷同，语调一致。正如很多枯燥的儿歌一样，一遍一遍地重复，容易让听者犯困，毛董事长的讲话录成婴儿催眠曲，一定能热卖。

小花参加过的会议名目有好几百种：董事会、理事会、办公会、座谈会、民主会、通气会、吹风会、研讨会、汇报会、碰头会……如果你想把会议名目一口气念出来，肯定会把你憋得半死，也会让听者头晕眼花，患美尼尔氏综合征！

不仅毛董事长要发言，其他坐在台上的副职每个人都得发言，一个也不能少，这是惯例。请别人坐主席台，不让别人讲上几句，不是存心让人难堪吗？怎样的领导带出怎样的兵，一个个副职的语言神态像毛董事长的克隆版本；他们的讲话翻过来绕过去，都是那几句，像保健品脑白金的广告一样，一句广告词无数遍地重复："统一思想，提高认识；加强协作，提高效率；杜绝形式，落到实处；抓住机遇，再上台阶……"结果所有领导想讲的话都讲完了，群众想听的话一句也没听到。

网上流传着一首歌谣，道出了很多参会者的心声：开会再开会，不开怎么会；本来有点会，开了变不会；有事要开会，没事也开会；好事大家追，出事大家推；上班没干啥，一直忙开会；大会接小会，精神快崩溃；打盹有技巧，脑袋不能垂；不然被逮到，就要倒大霉；开会一下午，实在有点累；没听两三句，喝水四五杯；说来真惭愧，开会千万回；唱了大半天，到底会不会？还是没明白？赶紧再开会！

几分资本？

当你抱怨领导不好、同事太差的时候，当你抱怨自己没有得到足够重视的时候，当你抱怨世风日下、世道不公的时候，你是否反思过："别人凭什么重视我？你有什么突出贡献值得别人重视呢？你在组织中有不可替代的作用吗？你在哪些方面得到了上级和同事的广泛认同呢？"

电视转播足球比赛的时候，镜头常常对准持球或者表现突出的球员。如果电视画面上半天找不到某个球员的身影时，解说员会说："某球员好像失踪了一样！"这个时候，这个球员差不多就要被换下场了。

你是否有因为表现平平而快被换下场的危险呢？

中国沿海某省有一个非常有名的大型药店连锁集团。2000 年，一位四川女孩从卫生学校毕业后到药店做售货员，三年之后提升为店面经理；又过了三年，升为集团公司外联部经理；两年之后升为总经理助理，全面负责集团公司的运营。该集团公司的总经理由老板担任，实际管理者就是这位不到 30 岁的总经理助理了。她的部下不乏名牌大学的本科生，甚至博士生。

我们可以看看这个女孩2004年做店面经理时向老板写的一段工作总结：

尊敬的总经理：

……我到集团公司之时，公司正在大规模对外拓展。在缺兵少将的时候，我被"赶鸭子上架"，当上了店面经理。领导很快又把我从一个郊区小药店调到了公司的旗舰店——中山路大药房。我别无选择，只能以加倍努力来报答这份信任。我每天沿着货架跑动，来回取药。有人根据我的销售量做了测算，每年折返跑的距离相当于二万五千里长征。

除了用腿奔跑之外，我的脑细胞也在奔跑。我尝试了许多工作上的创新，许多建议都被集团采纳。例如，2001年，我建议与供应商谈判，把中药粉末退给供应商，这一点相当于增加了中药材3%的利润。更难得的是，供应商再也不敢给我们供应伪劣产品了。

2003年，在我当上药店经理后，我率先在我分管的药店实行24小时营业制。有人认为我是没事找事，甚至集团高层也不赞同我的做法，但我分管的中山路药店还是坚持下来了。通过对24小时营业制的宣传，中山路药店在本区域内一炮打响。虽然我们每月夜间售药不到1 000元，但这项服务使我们白天的营业收入增加了20%。因为顾客担心其他药店下班关门，空跑一趟，还不如直接到我们药店有保障。前期其他员工不愿意值夜班（因为当时集团没有相应的夜班补助和加班费），我一个人把前三个月的夜班全包下来了，把药店当家，房子都不用租了。几年下来，80%的公司下属药店都实行了这一政策。

我对药店每天各类药品的销售做详细的统计和分析，掌握规律后最大限度地减少库存，我后来把这个表格做成了可以在其他药店推广的“流量分析与库存推算法”，被公司物流部门采纳。很多好点子需要在实际工作中寻找灵感，总结规律，并在整个公司推广。

尊敬的总经理，估计您对我还是没有印象吧？虽然我的长相并不出众，但您一定记得公司联欢晚会上“情系药店”的小品吧？那个节目中的胖女孩演员就是我，这个节目被评为一等奖，相信您一定会记住“明星”的。

员工张某某

作为一名卫校学生，南下打工之初，她没有太大的野心，却有一份工作的执著与热情。这位员工的发展可谓“无心插柳柳成荫”，“柳成荫”不是天上掉下了馅饼，不是躺在床上一觉醒来就“成荫”了，而是默默无闻日积月累地播种灌溉，最后才达到质的突破。等着别人种树你来乘凉的机会太少了。哪怕你爸爸种了很多树，也不一定能成为你的栖息地，富过二代的毕竟是少数。你想靠你爷爷种的树乘凉，可能只能守住一片沙漠了。秦始皇也是按照世世代代坐拥江山做了规划，结果第二代就把江山败了。因此，不管你今天处于何种地位，努力创造是你的生存之本。

从以上那位总经理助理的身上，我们可以看到，让组织重视你，你必须具备以下十方面的前提条件：一分印象，一分理想，一分热情，一分聪明，一分执著，一分思考，一分吃苦，一分创造，一分贡献，一分成果。如果你具备了这十方面的特征，组织就会对你十分满意。

人与人之间 99%的特征是相似的，1%是不同的。1%的不同之处可能就是你的资本。正如你到餐馆吃饭时问服务员："你们的招牌菜是什么?"扪心自问：你的招牌菜是什么？你拥有几分资本？

在其位，谋其政

“在其位，谋其政。”“位”是指一个人的岗位、职位、身份、地位。一个人无论在什么时候都应该扮演好其角色，把本职工作做得尽善尽美。

我到某大型外企调研时，人力资源部门给了我一份岗位说明书，就是关于每个岗位的工作描述，告诉我每个岗位要做哪些事情。从文员到经理，岗位说明书把每个人的工作描述得井然有序。很多公司缺少的就是这种描述，责权利不明晰，导致“好处一起上，责任一起让”的局面。一个有序的社会，应该是一个各司其职的社会，每一个行业的从业人员都需要有特定的专业背景、工作经验和生活阅历，把专业的事交给专业的人去完成。

不同岗位的人都能认清自己的岗位职责，恪尽职守，组织自然能够健康发展了。反之，如果董事长干总经理的活，总经理干员工的活，就会大大降低组织的工作效率。有报纸大肆表扬某市长带头扫马路，公务员纷纷仿效，大伙都跟着市长上街扫马路去了。如果市长的行为仅仅是为了唤起公众的重视，偶尔干干未尝不可。如果市长真是爱上了扫马路这个行当（尽管概率极低），那就麻烦大了。正如古代有些皇帝酷爱佛学，执迷于当和尚，结果亡国了。在今天，如果雷锋乘坐火车时还帮助乘务员扫地、叠被子，就麻烦大了。凭这点，雷锋回到连队应该受到处分，因为其他乘客很可能把他当成小偷，直接报警了。过去火车上乘务员很少，雷锋协助乘务员去整理别人床铺上的物品是无可厚非的。

老板喜欢说："年轻人好好干，一个人顶三个人用。"实际上这并不符合现代企业管理精神，谁的活儿谁操心，大家合起来才是一盘棋。涉及一件事情的时候，最好有且仅有一个部门或者一个人负责。"厨师多了烧坏汤"，农民不踏踏实实地耕耘自己的责任田，而是凭一腔热血大炼钢铁，这便是中国历史上的"大跃进"。

但是，我们也不能把干好本职工作理解成本位主义，这是对《论语》精髓的误读。除了本职工作之外，还要做好部门之间的协调工作，还要做好其他岗位的补位工作。

无论多么明晰的岗位职责，分工只是相对的，合作才是绝对的，因为企业是一个有机的整体，工作也是连续性的，不能人为地把它割裂开来。"事不关己，高高挂起；明知不对，少说为佳；明哲保身，但求无过"的消极思想需要坚决杜绝。雷锋精神是永恒的，在新形势下雷锋精神更需要与时俱进，赋予它新的内涵。新雷锋不需要再帮助其他乘客叠被子了，但热心帮助有困难的乘客还是天经地义的。我们常常看到这样的报道，在火车上两个歹徒抢劫乘客的财物，车厢里几百位乘客没有一个人站出来主持正义，理由是"这不关我的事，是乘警的事，我只要看好自己的行李就够了"。

一个人一生要扮演多重角色，还要在这些角色之间不断转换，快速适应。一个人在家里可以是父亲、丈夫、儿子，在公司可以是上级、下级、同事。“在其位，谋其政”，在不同的场合，准确辨别自己的角色，并根据需要扮演好这些角色。例如，在和平年代，你的“位”可能是一位公交车司机；在国家存亡的危急关头，你的“位”可能就是保卫国家利益了。

篮球后卫主要负责防守，球队失球太多，后卫要承担主要责任。但前锋并不是完全没有防守的责任，在美国 NBA 篮球赛中，巨星级的前锋都擅长协防，湖人队的巨星科比说过：“优秀前锋不仅要直起腰来投篮，更要学会弯下腰去防守。”有些小公司，一个岗位安排一个人都是多余的，老板便要求做到一人多岗，侧重某个岗位，兼顾其他的工作，还要在同事缺位时，对其他岗位的工作进行快速补位。

我们对岗位往往有定性要求，完全定量是很难的。这就要求员工不仅要理解字面上的岗位说明，更要理解在特定工作过程中非文字性的岗位说明。组织管理就像炒中国菜一样，并没有机械规定炒一斤白菜要用天平称出 20 克食盐、1 克味精……

最后，我用每次乘飞机都能听到的一句话，作为“在位”与“补位”的小结：“危急时刻，请您先戴好自己的氧气面罩，然后再帮助儿童或者有需要的人戴氧气面罩。”

汇、报与汇报

梁玲是北京某名牌大学的学生，性格外向，能歌善舞，深得老师和同学的喜爱。在校期间，她算得上男生眼中的校花、女生眼中的明星。大学毕业时，凭借其许多耀眼的光环，梁玲成了用人单位争相追捧的对象。梁玲选择到一家大型央企工作，直接分配到总裁办公室，被任命为总裁秘书。

在高校如鱼得水的小梁在工作单位并不开心，她好像没有找到上班的感觉。作为总裁秘书，她经常代替总裁处理各种日常事务，但很难让总裁满意。她向总裁汇报工作，说多了让总裁心烦；说少了，工作出了问题，总裁又会怪罪她没有及时汇报。她与总裁像两个跳交谊舞的人合不上节拍似的。

办公室主任耐心地找小梁谈话，引导她应该怎样做好工作汇报。向总裁汇报工作，“汇”侧重于对沟通内容进行整理、归纳、提炼、升华四个方面，“报”侧重于条理、表达、详略、应变四个方面。“不汇而报”，还不如让总裁自己去现场调研；“只汇不报”，总裁听得一头雾水，不如自己看文件。

平时工作条理性强了，汇报工作才能抓住重点，主任让她逐步养成良好的工作习惯：

当天下班前静下来想想明天晨会上要说什么，第二天晨会前五分钟再看看有没有需要补充的地方。可以在会上把自己的工作情况、思想动态、存在的问题及相应的解决方案向总裁表述清楚，让总裁更多地了解你在想什么、做什么，取得总裁对你工作的信任与支持。这类日常性的汇报，既要报喜，又要报忧；既要讲客观情况，又可讲主观见解；少讲别人，多讲自己；更不能只谈困难，不谈解决的方案，只讲要总裁支持，不讲自己如何努力。

如果代表总裁去参加相关会议，她回来后应主动找总裁汇报，不要因信息传递不到位，让事情出了偏差。这类汇报要注意说清会议目的与核心内容，把会议前后的客套话去除，找到定量的关键点进行汇报，不要参加了一小时的会，两小时都传达不完。这种汇报不要过多地加入个人的主观色彩，尽量让总裁得到原汁原味的信息。

工作完成了一个阶段，需要向总裁做一个阶段性的汇报。这种汇报关键是要说出下一步工作的计划和打算，因为亲身经历了，在这一点上比总裁更有感触，她可以给总裁提示下一步的几个途径及每个途径的优缺点。不能只把前期的说完了，对下一步的工作毫无想法，应该多让上级做“选择题”，少让上级出“问答题”。

当一项工作全部完成之后，她要做一个总结性汇报，给总裁，也给自己一个交代。这种汇报要准备两个版本，一个版本是详细的文字汇报，一个版本是口头汇报的提纲，做到相互补充，各有侧重。文字版本可以详细地把完成的情况、主要的过程、碰到的问题、解决的方式、成功的经验及存在的问题表述清楚。其中，不要忽视总裁在整个工作中的支持、帮助及指导作用。口头汇报侧重于条块、结构及关键事件汇报。如果总裁感兴趣会看详细的文字版本，如果不感兴趣，也不会浪费总裁的时间。

当工作进展与预先设计出现重大出入时，她应该立即做好突发事件的汇报工作，制订应急预案，尽量减少损失。这种突发事件，她可以不按照常规程序，直接给总裁打电话、发短信，或者约定时间当面汇报。突发事件往往都是一些棘手的事情，要少出难题，多出思路；少“将军”，多“担当”；少记流水账，多找到关键点。在汇报的过程中要同时做好补救工作，不能消极等待，不能把总裁当成消防队员，让他到处救火。

梁玲不仅是以秘书，也是以异性的身份向总裁汇报工作，切记要做好事前预约，一般不要在路上、饭桌、家中汇报工作。避免在公开场合与总裁长时间地耳语汇报，更不要在汇报过程中挤眉弄眼，引起他人误会。梁玲与总裁交往密切，总裁在她面前自然随意一些，不要把这种随意理解为工作上可以放松要求，把汇报工作当成了聊天闲扯。一旦总裁对她有了不好的印象，她将很难在公司得到发展。秘书很容易得到上司的赏识，获得快速提拔；同时也很容易因为缺点的过度暴露，惨遭淘汰。

第六排的女孩

前几天，我受邀到一家医院做新员工培训，会场有两百多人。医院领导和老员工都不在现场，院长有意考察一下新员工的自觉性。在整个培训过程中，员工都听得非常专注，会场也显得格外安静。

唯一例外的是，坐在第六排的一个女孩一直在窃窃私语，她先拉着左边的一位女孩讲话，向别人炫耀她的会员卡、贵宾卡之类的东西，左边的女孩示意她不要讲话。我稍作停顿，示意女孩不要影响别人听课，我的注目礼让女孩稍稍安静了一下。几分钟之后，她又从包里拿出一张卡片或照片之类的东西，让右边的女孩欣赏，右边的女孩礼貌性地接过去看了一眼，马上还给她。她还不停地向右边的女孩比划着什么。因教室里很安静，她的声音显得特别大、特别刺耳，坐在她后面的听众露出了愤怒的目光，但大家还是隐忍不发，毕竟都是同事，又是新员工。在中国的传统文化背景下，其他人也不便出面制止她的行为。我不得不提醒："请坐在第六排的某位员工不要影响大家听课!"遭到点名批评之后，这个女孩总算安静下来了。

三天后，我收到了来自这家医院的一封邮件：“潘老师，对不起，我是坐在第六排那个讲话女孩旁边的女孩。给您发邮件表达两层意思：第一，我觉得很对不起您，我代表讲话的女孩向您道歉。第二，我以后开会再也不敢和那个女孩坐在一起了，她让我很没有面子！”

事实上，老师讲课时，演讲者和听众一起组成了一个“气场”。如果有人现场搅局，演讲者和听众都可能“走火入魔”。这个女孩的聊天影响了其他人正常听课，影响了老师对医院的看法，也影响了医院的整体形象。

一个组织也必然会形成一个“气场”，这个“气场”就是组织氛围。如果有“第六排女孩”搅局，她就成了组织的短板。例如，一名医生不能真诚地为病人服务，如果他在这个科室工作十年，这个科室基本上就毁在他的手上了，因为本区域内的这类病人都在他手上轮了一遍，都会说这个科室不好。

一个人的身体也形成了一个“气场”，如果他身上的某个器官变成了“第六排女孩”，纵然其他器官完好无损，这个人也难逃死亡的结局。这个损坏的器官就成了生命的短板。

一个人的性格也形成了一个“气场”，性格上的“第六排女孩”制约了自己的发展，或许正是这一点缺陷让你前期的努力付诸东流。

“第六排女孩”以各种各样的面孔出现。她或许打扮得像妖艳的狐狸精，虽然我们知道她的害处，但还是不能自拔。她或许伪装得像完美的天使，我们识破不了她的本质。

“第六排女孩”无处不在。在会场听课，影响整个会场的氛围；为病人服务，影响病人对医院的评价；哪怕你脱了白大褂，在社会上有违反社会公德的表现，只要你说到是某医院职工，也会影响医院的品牌。“第六排女孩”几乎成了组织的毒瘤。你是组织的“第六排女孩”吗？

计划没有变化快

我们无奈地感慨：世界变化太快，自己落伍了。我们痛苦地抱怨：计划怎么又变了？真是跟不上公司的节奏。

计划是对工作的事前预测与设想，以及对未来行为方式的一种指导与评估。既然是预测，计划就不可能是静止的、一成不变的，计划是以战略为轴心不断变化的。这就是我们常说的变化。计划中没有变化，或许就变成了僵化。

一次，我去山东泰安讲课，助手帮我安排行程。她没有查询到北京直达泰安的火车或航班，只好订了从北京飞往济南的机票，到济南后又要坐出租车前往泰安。我从住所到首都机场花了 2 小时，空中飞行 1 小时，济南到泰安 1.5 小时，正好又赶上了在济南举行的全运会开幕式，高速公路全线封闭，走普通公路多花了 3 小时，途中共计消耗了 7.5 小时。出租车费、机票费合计 1 280 元。另一位协助会务的同事订了从北京直达泰安的动车组，他从住所到火车站花了半小时，火车运行了 3 小时，一共耗时 3.5 小时，费用 300 元。当我拖着疲惫的身体到酒店时，我的同事已经在酒店里睡过一觉了。为什么我的助手没有查到直达泰安的火车呢？原来“泰安火车站”已经更名为“泰山火车站”。助手不能以火车站更名作为自己推卸责任的借口，无数人都查到了直达车次，而你没有查到，这就是你的失误。几千年前刻舟求剑的故事早已诠释了世间万物沧海桑田的变化 。

计划中有变化不等于工作的时候就脚踩西瓜皮，或者干脆不制订计划。做任何计划都要遵循前瞻性原则和灵活性原则。前瞻性指在计划中制订一些派生计划，或者尽量让计划与实际情况贴近一些，以便减少突如其来的事件给组织带来的损失，在制订计划时必须留有余地。灵活性指计划本身在执行过程中应具有应变能力，也就是说在计划实施过程中可以根据当时的实际情况进行检查和修正。

例如，大学生安排暑假出国旅游，假期计划落空的原因有以下三种：第一，计划可能不周密，如证明材料准备不充分，签证办不下来。第二，执行能力太差，如同学之间对旅游点的选择意见不统一，组织者缺乏协调能力，大家不欢而散。第三，其他突发因素，如前往的国家出现了战乱，不得不取消旅游。第一种是计划制订过程不严密；第二种是计划没问题，执行者能力不够导致计划落空；第三种是计划制订时无法预测的问题。

如果事先的计划是假期一定要旅游，但确实出现了这三种突发情况，可以事先做好几套预案，制订相应的应对措施。如果有人退出旅游，其余的人仍然可以按原计划旅游；如果我们去不了事先设定的国家，可以去另外的国家；万一签证没有办下来，我们可以组织国内旅游。换一句话讲，就是最坏的结果也应该预料到，即使预料不到也可以通过修正步骤及时解决，尽量让执行的结果贴近计划的要求。

计划没有变化快，是真理，也是规律。不要抱怨计划又变了，只能怪自己没有赶上变化。

读懂老板

黄老板在机电、药业、房地产行业都颇有建树，控股国内及香港的三家上市公司，身家数十亿元，在中国富豪榜上也能排到显赫的位置。他在广东东莞开了一家机电厂，他的机电产品占全球同类产品60％的市场份额。

我受邀请到他的公司去做调研，他的助手从深圳机场接到我之后，直接带我到了机电厂厂区。一进工厂，映入眼帘的是一个几十亩见方的人工湖，水池的后面是长满花草树木的土山。

可以想象过去这儿应该是一块平地，老板在这儿挖地皮，垒土成山。这不就是风水先生常说的：山能望远，有山就能把事业做大；水能聚财，有水就有收益。正在我胡思乱想的时候，助手已经驱车绕过人工湖，在土山边停下。

助手对我说道："你自己上去吧，老板在山上。"

我顺着斜坡，踩着草坪，来到了山上。但没有看见人，赶忙对山下的助手叫道："老板不在上面啊！"

突然我听到山上有人向我打招呼了。原来有一位50多岁的男子，穿着睡衣，斜靠在一棵大树的后面，一个人在喝茶。他站起身来，热情地和我握手："我是黄老板，欢迎你到工厂来做客!"

从外表上看，黄老板不像一个大老板，更像街头的小混混。但他确实是非常成功的企业家，你不服气也不行。除了早晨半小时的协调会之外，大部分时间黄老板一直很悠闲，晒晒太阳，到健身房运动，到车间去溜达……黄老板像是在度假一样，好像不太过问企业的事务。那么他又是靠什么把员工凝聚到一起的呢?

在随后的调研中，我发现整个企业的管理有条不紊，外松内紧。凝聚人心的东西是贴在墙上的文字、挂在老板嘴边的话、老板表现出来的行为以及长期形成的企业习惯。这就是企业的精、气、神，这就是企业的核心价值。黄老板在这些关键点上不妥协，如果有人违反了规定，无异于"引火自焚"。例如，黄老板在意"守时"，一旦有人迟到，他会按章严厉处罚；黄老板强调"节约"，一旦哪个宿舍开了"长明灯"，他将切断这个宿舍的电闸，一个月停止供电，让他们明白光明是何等的珍贵；黄老板注重"诚信"，一旦你撒谎被识破了，你在他的心目中就永远"破产"了……

从管理方式到员工的精神面貌，机电厂都深深地打上了黄老板的个人烙印，正如孩子长得像父母一样。机电厂有两万多名职工，从研发、生产，到营销，有多少大事需要老板拍板；从员工的招聘、培训到离职，有多少思想需要沟通。不过那些琐碎的事情大部分由助手完成，他的用人理念是：有才有德，破格使用；有才无德，限制使用；无才有德，培养使用；无才无德，放弃使用。

黄老板告诉我："如果我的道德观和社会的道德观冲突了，我的企业就会倒闭；如果你的道德观和企业冲突了，你的职业生涯在我这儿也就结束了。”

“员工所犯的最大的错误就是冒犯了企业的核心价值观，”黄老板还强调，“是核心价值观，而不仅仅是核心价值。”

“很多员工不明白自己在公司所处的位置，正如我现在坐在这座土山上，还以为自己登上了珠穆朗玛峰。不知道根据老板的评价，判断自己与公司核心价值观的差距，不知道自己的职业前景。”

他们公司曾经有一位主管，她收到了公司人事科送过来的辞退信，自己感到很纳闷：“这是真的吗？不可能吧？老板上周还找我笑脸盈盈地聊理想呢，肯定是哪个调皮鬼捉弄我。”

黄老板对这名主管说：“和你相处这么多年，中间也经历了很多事，灌输了这么多企业文化，熏陶了这么多企业理念，可你没有一点起色啊！一块猪肉也早该熏成了腊肉啊！”

“我有自己的思想，所以我就按照自己的思想发表自己的言论，干自己喜欢干的事。”

“所有同事都反映跟你合作很不顺畅，不愉快，你自己觉得呢？组织的理念让我们走到了一起，有了相同的理念，才能与同事之间有工作上的默契。”

“那不等于是让我没有了个性？”

“工作时间内，员工要有个性，有个性才能有思想，但个性是在公司框架之内的个人发挥。你工作之外也可以有个性，那是在法律道德框架内的个人发挥。”

这位主管死到临头还全然不知，关键是她从来没有想过组织，想过同事。一个人在严重自恋时，往往会忽视周围的一切事物。

我问道："员工听了这句话会不会有点毛骨悚然呢？他们会不会问老板为什么这么阴险和狠毒呢？"

黄老板回答："我绝对是个好人，我们厂80%以上的员工可以作证。关键是少数人太不用心工作，连自己所处的工作状态都不清楚的时候，就读不懂老板的表扬和批评了。

"有时我批评员工，不一定是他在工作中犯了多大的错误，反而是我器重他，对他提出了更高的要求，给他超负荷的工作、高标准的要求，因为他是企业的明日之星。如果他没有读懂，甚至在工作中怠工抵触，就辜负了我对他的一片苦心。

"我昨天和今天都批评某个员工了，可能批评的用意完全不同。昨天的批评可能是把他作为潜力股培养，精益求精；今天的批评可能是把他作为垃圾股，'割肉之前'的放手一搏，死马当作活马医。也可能昨天的批评是因为他的工作有差错教育他；今天的批评比昨天还要严厉，却是因为我即将对他委以重任，级别没有提高，对他的工作标准却提高了。

"我不批评他，甚至表扬他，可能有两个方面的原因：一方面可能是他的工作出色，赏识他，甚至把他当成了朋友或知己；另一方面，我认为他已经没有培养价值了，在他的身上再花心血是一种成本浪费。这时我反而为他歌功颂德，这首歌就是他离职前的挽歌。

"我对员工的看法并不是一成不变的，可能会根据他的表现而不断调整。我也会根据大家对他的评价，调整对他的看法。我不担心员工能力低，就是担心员工不进步；有些员工往办公椅上一坐，就像一尊石头人放在那儿了，连眼珠子都不转动一下。"

我笑着问道："那员工每天总要看着你的脸色行事，累不累啊？"

黄老板说："80%的员工不会累，这就叫志趣相投。员工以组织理念为背景琢磨事，为质量、成果而做事，他们可以把我的评价当成一面镜子，不断地完善提高自己。”

员工要找到核心价值与自己的价值观相近的企业，找到与自己志趣相投的老板。请铭记黄老板的肺腑之言，就不会出现“连死了都不知道是咋死”的惨状了。

——谨以此文祝福在职场中摸索的你。

别拿自己当大王

三口之家，女儿属虎，爱人属猪，我属猴。老虎是森林里的百兽之王，在家中自然也当上了“大王”。而猴子则是家里的“弱势动物”，用女儿的话来说：“在外潘习龙，回家一条虫。”“猴子”每天都是被“老虎”欺负的对象，女儿感慨：“谁叫你的属相不好啊！”

女儿7岁时，觉得自己当“大王”当腻了，提议家里也要讲民主，“大王”轮流当。谁当“大王”的时候，另外两个人都得听他的。具体由谁当大王，由女儿指派。女儿绕了半天圈子，不过还是假民主而已。女儿和她妈妈的关系好，她妈妈每周也能当上两天“大王”。虽然我当“大王”的次数也不少，但往往是晚上睡觉前才被任命为“大王”，第二天早晨，我的“大王”资格就被取消了，实际上我只是“梦中大王”，从来没有行使过“大王”的权力。

有一天正值我爱人当“大王”的时候，女儿与妈妈因学习问题发生了分歧，妈妈批评了女儿，想到今天自己是“大王”，女儿肯定会听话的。结果女儿很不服气地对妈妈说：“别以为我让你当大王，你就真以为自己是‘大王’了!”

这件事让她妈妈很尴尬：“原以为自己是‘大王’，弄了半天，只是一只‘纸老虎’!”

看来，在这个世界上，什么“大王”都有。有名副其实的“大王”，有名存实亡的“大王”，有真“大王”非要装成病猫的，有病猫被别人恭维成“大王”的。

企业就是一片森林，你要明白自己在这片丛林中的角色。我曾协助一家集团公司制定绩效考评方案，一名业务员质问我：“我每年给公司跑来了 3 000 万元业务，公司给了我多少钱?”我耐心给他解释：“如果凭借你一己之力能够拿到 3 000 万元业务，不用说你不平衡，我也替你打抱不平。但团队不是你一个人，你的后面还有很多人在支持你，你还借助了公司的品牌、产品及资源啊。”但这位业务员执迷不悟，后来跳槽到了另一家企业，公司业务并没有因为他的离开而下滑。他在另一家不知名的企业，虽然依旧辛苦努力，却再也不能像原来那样呼风唤雨了。这位业务员原以为自己是“大王”，被别人轻轻一拍就打回了原形，原来自己只是一只在泥土里钻来钻去、灰头土脸的“小松鼠”。

国内某民营医院，以做心脏外科手术著称。心脏外科钱主任自认为自己的技术好，在医院起了举足轻重的作用。老板也知道钱主任对医院的贡献大，给他很高的年薪，另外送给他 20%的股份，但钱主任并不满足，不仅是薪酬上不满足，更致命的是地位上不满足，他希望与老板平起平坐。在一次晨会上，老板突然宣布把心脏科分为三个病区，任命了三位陌生人分别担任三个病区的科主任，钱主任被提升为“大主任”。钱主任不再参与科室管理，年薪不到原来的 1/3。原来老板看到钱主任不断地给自己“将军”，除了表面上不断忍让之外，暗中招聘了三位有前途的医生到北京进修，学成回来后，钱主任就被架空了。钱主任原本是一匹狼，属于森林里的二把手，吃香的，喝辣的，但还是不满足，结果让“大王”把他给“废”了。

你应该扮演怎样的角色，要根据时代的变化不断地变化。有这样一则笑话：美国老布什当总统时，家里洗澡的顺序是老布什第一个洗，其次是大儿子洗，最后是小儿子洗。八年之后，小儿子小布什当上了美国总统，他的哥哥当上了美国州长。哥哥回到家，直呼弟弟的乳名，老布什痛斥哥哥：“他是你的上司，你应该叫他‘总统先生’!”自此以后，家里洗澡的顺序也悄然发生了变化：第一个洗澡的是小儿子总统先生，其次是大儿子州长先生，最后才轮到老布什这个“退休干部”了。“大王”退居二线之后，一定要放低姿态，摆平心态。做了一辈子的“真老虎”，做几年“纸老虎”又何妨呢？

是老虎还是狼，是猴子还是猪，每个人心中要有一本账。当个人向组织发起挑战的时候，对组织的损失是暂时的，对个人的损失则是长远的。“路见不平一声吼，该出手时就出手”，哎，这首歌误导了多少人啊！

扫地就像写作文

某医院后勤社会化改革已过去几个月，医院的环境卫生并没有得到明显的改善。冯院长决定在午休时间对医院的清洁状况进行调查，结果中午人流量最小的时候，一群清洁工聚在一起聊天嗑瓜子，等到员工纷纷上班的时候，他们连拖把都不拧干，装模作样地开始拖地，水流到哪儿，代表他们拖地拖到哪儿了，这就是清洁工的“圈地式”拖地法。下午上班时候，领导可以看到湿漉漉的地面，知道清洁工工作过了，但来来往往的上班人员又把地板踩得像花斑虎皮一样。

清洁工要把自己的工作做好，首先要学会“写好”记叙文。记叙文的六大要素代表了工作中的六个关键点。

第一要素——时间：何时来做？做多长时间？一天重复几次？

第二要素——地点：在哪里做？在哪些环节做？哪些地方是重点？

第三要素——人物：由谁来做？责任人是否能够胜任此事？责任人遇到突发事件离开岗位，应该由谁来补充？由谁来监督和评价工作？

第四要素——原因：为什么要做这项工作？为什么让他做？什么

导致他的工作出现了差错？

第五要素——经过：是否对事情全面规划？各个环节是否达到了质量标准？工作程序是否正确？如何对突发事件做出应急处理？

第六要素——结果：监督人对结果评价了吗？达到了医院的质量要求吗？提出了工作改进意见吗？如何保证下次工作更出色？

以上六个要素是写好记叙文的关键，21 个问题是写好记叙文的保证。但有时事情并没有向我们所计划的方向发展，你必须发挥你的聪明才智，调整自己的工作计划及工作状态。这就要求清洁工在写好记叙文的基础上，还要调动自己的情绪写好一篇抒情散文。

仍然以医院的清洁工为例说明应该如何写好抒情散文。一位外地的中年妇女抱着小孩慕名到北京某医院求医，小孩身体不适，在走廊上呕吐了。清洁工劈头盖脸地质问："你怎么弄的？我刚拖完地，你的孩子又把它弄脏了！"妇女赶忙给清洁工赔礼。清洁工生气地说："我没有时间再重新做卫生了，赶快到厕所拿扫帚帮我清扫干净！"妇女不得不将患病的小孩留在候诊椅上，带着对孩子的担心和对清洁工的恐惧打扫走廊。此刻，医院在她心目中的形象似乎也更"威严"了：在大医院，不仅专家的脾气大，清洁工的脾气也大。

让院长痛心的是很多垃圾都是员工制造出来的。各种医疗操作过程中，随手将用过的棉签、纱布扔到地板上，既不符合消毒灭菌要求，又对医院整体环境造成了极坏的影响。如果员工不注意保持环境卫生，哪怕医院招聘 1 000 名清洁工，也无法保证医院的环境整洁。

我到国内某著名的风景区旅游，景区的面积很大，观光一趟需要花上几天。尽管这里的游客很多，卫生却做得特别好，让人赏心悦目。他们有什么秘诀能保持这样好的环境卫生呢？经过观察我注意到，景区里，不仅是身着制服的清洁工，就连西装革履的经理、青春靓丽的女孩，只要见到垃圾就赶忙过去捡起来，扔进垃圾桶，并教育游客要爱护环境。风景区建立了一套员工保护环境卫生的监督管理机制，让员工养成维护环境卫生的习惯，最后形成了景区文化。在这种文化的熏陶下，员工的工作热情就如一篇抒情散文。

员工在工作的时候有四种境界：

“喷”出来的工作：投入热情，工作中能见到个人的思想与创造，这便是抒情散文；

“流”出来的工作：把握每个工作的环节，条块分明，水到渠成，这就是工作中的记叙文；

“挤”出来的工作：浮于表面，推一下挪一步，僵化的思想，机械工作定式，这便是工作中的八股文。

“挤”都挤不出来的工作：因为你根本不是奶牛，挤你也是白搭！

优秀的员工都是以抒情散文的热情，外加记叙文的严谨来书写着自己的工作日志。

面子与里子

一件棉袄，既需要美丽的面料，又要在里面放些棉毛之类的保暖物质。外表的面料就是给别人看的面子，里面的棉毛是供自己享用的里子。

一个人生活在世界上，同样分为面子与里子。面子是一个人外在的表现，是活给别人看的；里子是一个人内在的本质，是自己真切感受到的内心世界。一个人既要做面子上的事情，赢得别人的好印象，在社会上建立自己的圈子；又要讲里子，有一些货真价实的能力，以获得长足的发展。面子与里子，互为表里。分寸把握不好，常常会顾此失彼。

我曾受邀到某省人民医院做中层干部培训，培训时间为周六、周日两天。该医院考虑到会议室可以容纳 300 人，而本院中层干部只有 160 人，因此，院长邀请了省内其他医院的院长参加培训。省人民医院为每位听课代表摆放了桌牌，便于参会者对号入座。当其他医院的院长提前到场后，发现自己的座位均被安排在会场最后几排时，便在一起议论：“既然省人民医院邀请我们听课，我们就是客人，被安排在这样一个角落太没面子了。”于是，他们自作主张地把自己的桌牌换到了前面。

第一天培训结束后，省人民医院的院长要求本院中层干部留下来。当其他医院院长正在起身退场时，省人民医院的院长对本院中层干部说道：“培训老师是我们请的，凭什么好座位让其他医院抢占了？你们明天一定要早点到场，把前面的座位给我占住！”其他医院的院长在离场时听到了这句话。

院长们认为省人民医院没有给足他们面子：“虽然咱们医院规模没有省人民医院大，但咱们大小也是个院长，怎么能让我们坐在后面角落呢？”他们达成一致意见，集体抗议省人民医院的无礼行为，拒绝参加第二天的培训。

抢座位的事情发生在幼儿园小朋友的身上是很正常的，但在成年人身上出现这样的情况太不正常了。省人民医院与下属医院是有业务往来的单位，这种做法让人难以理喻。由此可见，提升领导的基本素质任重而道远。

省人民医院邀请其他医院院长听课，无非是想借这个机会结交朋友。东道主不能简单地认为：“给你们一个学习的机会就不错了，你们凭什么挑肥拣瘦呢？”礼尚往来是中华民族的传统美德，有来有往，体现礼数周全。礼数做不到位，原本是好心，却适得其反，成了互相伤害的利器。作为全省最大医院的领导，院长应该成为全省卫生系统的思想的灯塔，而该省人民医院院长却只能算一只井底之蛙。

东汉时期的科学家张衡说：“不患位之不尊，而患德之不崇；不耻禄之不伙，而耻智之不博。”院长千里迢迢跑到省城来听课，却因为座位安排没有体现自己的身份而离场，也有些舍本求末了。常言道，“客随主便”，客人应尊重主人的安排，要有一颗感恩的心，理解主办方的难处。这个时候要把面子和里子分开，在不同的地方扮演不同的角色。在你所管理的医院，你是院长，是医院的核心；在培训班上，你只是一名普通的学员，必须放下领导的架子，以学生的心态求学。

有人认为：“面子是虚的东西，我这个人务实，不在乎面子。”这也未必是好事，毕竟我们都是社会人，不是原始森林里的野人。杭州某大学生彻底地扔掉了面子，在西湖畔裸奔，事先还在网上发帖，邀请很多人围观，导致西湖边的秩序一度失控。可见，作为一个社会人，这个面子还是不能扒掉的。

时代发展了，市面上出现了活面的棉衣。一个里子配上几个不同的面子，在不同的情况下选用不同的面子，这更为得体了。做人也是如此，里子是一个，在不同的情况下学会扮演不同的角色。

领导之忙

领导无一例外都很忙。每天开不完的会、签不完的字、协调不完的工作、处理不完的事情、批评不完的下属，还有永远喝不完的酒……一个“忙”接着另一个“忙”，忙中无闲，忙中无乐。如果领导疲于应对日常琐事，哪有精力思考公司的未来方向？如此之忙，也搅和得员工团团转，整个办公室被搅得一锅粥。如果忙的原因是一个人干了两个人的活，那这样的领导倒值得嘉奖。很遗憾的是，往往是一个领导的活分成两个领导干，这样的忙叫“瞎忙活”。很多忙不是在解决问题，而是在制造问题。忙得很不踏实，空荡荡的，像梦游。

会议之忙。本来让相关中层干部甚至员工去参加会议效果会更好，迫于上级要求“领导挂帅”，领导只能疲于应付。回来还要向相关员工传达精神，增加了沟通成本，碰到记忆力不好的领导，反而误事。例如，医院院长参加全市医疗保险会议，就应该带医保科科长同去。会后由医保科科长负责具体工作的执行和落实，减少公司内部领导“传达会议精神”的成本。另外，有些会议可去可不去，领导没有必要图表现、凑热闹，图一时表现，误了长久的大事。

做事之忙。领导认为员工能力不足，达不到自己的要求，只好越俎代庖，亲自操刀，杀得兴起之时，才发现因小失大。领导要有把员工扔到游泳池的勇气，让员工呛几口水，这样才能学会游泳。每天都忙于做事的领导不一定是好领导。

签字之忙。一支笔扛得领导好辛苦，所有的批示都要亲自签字审核。领导不下放权力，反而抱怨自己曲高和寡。领导做好工作标准，做好财务预算，做到随时抽查之后，可以坦然地把签字权下放给责任人，同时让签字人承担相应责任，权力与责任同时下放。

领导把所有的字都签了，表面上权力很大，事实上没有权力。糊里糊涂地签字，以为可以把关，吓唬员工，反而让员工存在侥幸心理，时间长了，领导在员工的眼中变成了“稻草人”。

兼职之忙。很多领导都是从干技术起家，走上领导岗位的。他们不愿意放弃技术，认为有一天不当领导了，技术还可以成为自己的“保留曲目”。但人的精力有限，鱼与熊掌不可兼得，一个人一辈子做好一件事情就很不容易了。如果领导确实想管理、技术二者兼得，也应该协调好两方面的工作。领导做技术的时间不足，业务生疏了，但还要“挂羊头卖狗肉”，原本想用技术作为“亮点”为自己加分，结果技术反而成了自己减分的“污点”了。

公关之忙。人际关系剪不断，理还乱。各种社交活动严重超负荷，公司内部的几百名员工及家属的生老病死，逢年过节你来我往，外围各政府机关、同行业兄弟、各客户单位……社交活动应接不暇，“滚雪球”式的人际关系让领导滚进了不能自拔的泥坑。如果领导认为参加这种社交活动是一种享受，倒是可以增进友谊；如果觉得这是痛苦的应酬，完全可以不参加，并且公开告诉全体员工，所有类似的活动都不参加，希望大家理解，这个时候绝对不会有人怪罪领导。

协调之忙。工作分工与布置不明确，协调成本太高，相互扯皮而内耗。任何工作有且仅有一个人（或部门）负责，整个工作才能做到“纲举目张”。一旦制定出规则就要规范运作，仅仅纸上谈兵远远不够，没有执行力的流程甚至会带来额外的“忙”。很多公司列出了条条框框的工作路径，从步骤1到步骤2，再到步骤3，看起来都是很顺畅的通道，但实际执行起来才发现是一路的泥坑陷阱，程序上的问题使领导每天忙于“造桥补路”。繁忙的十字路口的红绿灯必不可少，因为它可以提高道路交通的效率；而沙漠之上装红绿灯，只能降低效率。

有的领导忙忙碌碌，忙中出错，让事情牵着鼻子走；有的领导忙中偷闲，忙而不乱，把事情放到自己的掌心跳舞！领导应该把制度范围内的事情交给员工做，自己侧重于做企业的战略、突发事件的决策、企业文化等，这些事情才是一个领导应当抓住的企业精、气、神。

仪式

仪式是信仰意识或组织意识的外在表现形式，以此达到烘托气氛、凝聚人心、展现实力、表达感情等目的。中国作为拥有几千年历史的文明古国，自然延续了很多传统的仪式。改革开放以来，中国人又引入一些西方国家的仪式，如圣诞节、情人节等。

仪式的种类很多，有国际活动的仪式，如奥运会的开幕式、大型国际论坛、国际友人的接待仪式等；有国家层面的活动仪式，如国庆阅兵式、春节团拜会等；有家庭仪式，如子女结婚和老人去世之类的“红白喜事”。仪式随着时间地点的变化还在不断改进，去除原有的糟粕，增添时代的新元素。

生活中有很多繁杂、效率低下的仪式。

有些礼仪过于形式化，没有内涵，变成了苦力活，如近年盛行的节假日短信、微信送祝福，原本亲朋好友间发短信问候是一种极好的表达情感的方式，但是，现在短信有了“复制转发，批量生产”的趋势，只要手头有的号码就一并群发，礼多人不怪。中秋、春节这类重量级节日，少则收到三五百条短信，多则上千条。形式无限膨胀，内涵相对萎缩，大伙同心协力帮着联通移动贩卖相同的短信内容。手机累坏了，收到短信的人也都麻木了，只知道谁来报到过，内容根本不在意，也没时间在意，赶紧删除短信，为后来的短信腾出手机内存。再也见不到昔日“家书抵万金”的珍贵了。

有人说：“你可以不发呀！”这不是抬杠吗？已经形成了社会风气，个体自然抵抗不了群体的压力。别人给你发短信，你不回复，那你还够得上朋友吗？毕竟咱们不是生活在真空之中。后来你也彻底落俗了，主动出击比被动回复更礼貌，办公室有五位同事，四位同事给你回复了。只有一位没有反应，你在心里嘀咕：“是不是在哪个地方得罪他了？”原来你也不是什么圣人，你与别人同样庸俗。

仪式应该给人带来轻松愉悦或庄严肃穆的感觉，场面和氛围理应是一种全方位的享受。例如，有些地方婚礼前的准备工作繁复琐碎，足以把新人磨掉一层皮。有时还因一方的准备工作达不到另一方的要求而产生矛盾，如迎亲车队要多少部车，要什么牌子的车，车应该什么颜色，车的排气量应该多大，车牌号是否吉利……喜事之中平添了许多烦恼。

仪式的目的是拉近人与人之间的距离，增进友谊，而不是追讨人情债。经济越落后的地区，这种“讨债仪式”的风气越盛行。例如，在某个山区，儿子要结婚，主事家庭会分别聘请三位负责人：一位叫知名先生，负责来宾的接待及住宿安排；一位叫礼房先生，负责收取客人送的礼金，并分门别类地现场做好登记，签字画押；一位叫大厨师，负责炒菜及物资管理。三位负责人是主事家庭领导下的人、财、物“三驾马车”，也是最经典的企业管理模式。“三驾马车”每天早晚开碰头会，礼房先生反馈给知名先生客人送礼金的数量，知名先生以此为依据通过大厨师准备酒席。客人能吃多少顿饭，明码实价，100元吃一顿，200元吃两顿。如果礼金过大，送礼人找不到这么多人来吃饭，那就在安排座位时给予特殊待遇。从精神上加以鼓励，或者回赠该客人一些钱或物品，类似于“回扣”。

每家都记有一本“人情账”，更是一部难念的经。例如，甲、乙、丙三家的人情往来是这样的：乙送给甲礼金是5次，送给丙1次，乙家又没有红白喜事回收成本，便想了一条妙计，以“过生日”为名请客收礼，三口之家每人各做一个生日宴，外加三人的年龄相加正好等于一百岁，又过了一个家庭百岁寿，共做了4次收礼金的仪式。乙家年终财务报表显示，甲欠乙1次，而乙欠丙3次，最后变成了“人情三角债”，剪不断，理还乱。在钱的数量上，甲去年送给了乙300元，乙今年还礼的时候，考虑到利息或物价上涨因素，可能要加到350元。如果是跨国婚姻，估计还要考虑人民币汇率问题了。

活得洒脱并不是要我们变成脱离社会的外星人。仪式是对内涵的具体展现，通过外在的形式表达内心情感。人之所以称为人，是因为我们创造了社会，在一起相互帮助，相互温暖。真情的传递少不了用仪式的形式来表达。

朋友之间理应互赠礼品，传递友情，在工作生活中做到相互扶持。或者节假日聚会，喝喝酒，叙叙旧，分享别人的喜悦与烦恼；或者参加同事的婚礼，给新人营造一些喜庆的气氛；或者去医院探视朋友生病的父母，给朋友的家人一份精神上的支持，给朋友一个面子；或者与朋友结伴郊游；或者为某人的生日举办一场篝火晚会……这些都是多么惬意、多么浪漫的仪式啊！

我们是有感情的动物，我们是爱群居的动物，所以我们需要仪式。让仪式给我们互访、探视的理由，让仪式维系我们的情感纽带，让我们变成社会的一个组成部分，我们的人生旅途才不会孤独。

仪式要有一定的限度。仪式不能成为劳民伤财的空洞外壳，不能成为生活的沉重包袱。当一些仪式在不断演化的过程中变成了纯粹的面子工程时，当一些仪式因高负荷的投入变成了生活负担时，当一些仪式因内涵的扭曲造成愚昧粗俗的不良影响时，就是我们应该移风易俗的时候了。社会、媒体、知名人士应该对各种仪式做正确的引导，在潜移默化的过程中，加入更多轻松、健康、大方、快乐、真诚、便捷的仪式元素。

附一篇

击鼓传月饼

蓝天白云，秋高气爽。中秋未至，月饼先行。

一场月饼销售大战打响了，各色月饼琳琅满目。精美的包装让人目不暇接，甜的、咸的、豆沙的、枣泥的、莲蓉的、五仁的、蛋黄的……价钱从几十元、几百元到上千元不等。外形包装推陈出新、赏心悦目，但吃进嘴里就不是那么回事儿了，统统一个滋味：难吃！

那些煽情的月饼促销广告不断地推波助澜：一个人能力有大小，但只要有这点送月饼的精神，就是一个高尚的人，一个纯粹的人，一个有道德的人，一个脱离了低级趣味的人，一个有益于人民的人。不爱吃月饼的我，每到这个时节却一定要买很多月饼。

一则送家里的长辈，二则朋友之间互送，礼尚往来。

突然想起小时候玩的击鼓传花的游戏，一个人蒙着眼睛击鼓，一群人围成一个大圈传递一朵花，鼓声停下的时候，花在谁的手上，谁就得表演一个节目。中秋前一个月，朋友之间就做起了“击鼓传月饼”的游戏，每天回家拎回几盒月饼，早晨出门也带上几盒月饼。当别人给我送月饼时，有现货出手交换，以免再次登门回送一次，增加交往的成本（如果是想和对方谈恋爱，登门再送一次是必需的，增加一次交流的机会嘛）。

我每天折腾这些眼花缭乱的月饼，总是担心把别人送过来的月饼又送回去了，别人还以为你不高兴，退回去了。女儿倒是给我出了个馊主意：“哪盒月饼是谁送的，你可用铅笔在月饼盒的背面写个记录，这样就不会混淆了。”这招还真管用，供各位参考。

中秋那一天，“哐当”一声，“击鼓传月饼”游戏戛然而止，没有送出去的月饼惨淡地砸在自己的手上。因为北京的房子没有阳台，中秋赏月吃月饼只是一个美丽的传说，基本都是把月饼当早餐硬塞下去了，每天吃，每天吃，从满月吃到了月牙儿，哪里还有一点浪漫的情调呢？

中秋不能没有月饼，没有月饼就不是中秋了。“击鼓传月饼”让忙碌奔波的人们找到一点浪漫的借口，找到一点思念亲人朋友的理由，找到一点发短信的托辞，传递了亲情、友谊和关爱。但月饼毕竟不是装饰品，而是一种食品，要做得简单一些、便宜一些、可口一些。把形式做得更真实，内涵做得更有味道，让本已劳碌的人们在“击鼓传月饼”的过程中，多一份快乐，少一份负担；多一份真情，少一些做作；多一点文化，少一点世俗。

后　　记

用生命去创作

2009年，我到澳大利亚做访问学者，原想在英语环境中好好提高一下听说能力。但因英语太烂，沟通吃力，我只好一个人躲在公寓里面壁发呆。小时候，我们学英语只会做题，没有听说训练，当时像我这样的农村孩子学的都是哑巴英语。对我而言，英语像患癌症的病人，已经无药可医了。我小时候把时间花在学古文上，在爷爷的启蒙教育下，大字不识一个的我就能把《卖炭翁》、《木兰诗》、《琵琶行》、《岳阳楼记》、《醉翁亭记》等古文古诗倒背如流了。中学背熟的课文早已忘得一干二净，但学龄前背熟的文章深深扎根在脑海里，说梦话也能一字不差地背下来。从小练就的文学童子功，终生受用。

当这扇门对你关闭的时候，另一扇窗或许正悄悄为你打开。发呆之后，我把发呆时的所感所悟记下来，就是一篇篇不错的短文。回国之后，我把这些文章给朋友们看，他们觉得很受启发，建议我结集出版。我投稿到中国人民大学出版社。编辑说："写这种随笔的人太多了，你出了也不会有人买。"我说："开评审会的时候，你们能不能给我半小时时间，我来讲讲我的书。你们看有没有出版的价值。"讲过之后，出版社同意出版了，而且还取了一个很有分量的书名——《人生何处不绽放》。书的销售超出预期，我把书上的内容变成课件——《活着的精神》，在全国各地的企业与医院巡回演讲，受到广泛的欢迎。除了赚取不菲的演讲费之外，我带书到现场卖，100 个听众就能销售 100 册。看来，好文章还是要大声读出来的，不读出声找不到那份意境。

我又试图写长篇小说。曾经发生过的一些事情，沉积多年，不把这些事写出来，憋在心里很难受。我从来没有写过小说，几乎没读过长篇小说，我曾愚昧地认为，读小说是游手好闲之人所做游手好闲之事。有人笑话我："疯子，长篇小说的情节构思复杂，即使写了，也很难找到出版社；即使出版社出版了，也很难销售。在网络环境下，纸质版的书销售困难，作家都快穷死了，你何必去蹚这个浑水呢?"我的第一部长篇小说《假药》出版了，其中的酸甜苦辣都在另一部小说《一席之地》中以虚构的形式表述了，这里不再赘述。国内几十家报纸连载了《假药》，包括《法制晚报》、《大河报》、《现代快报》、《华西都市报》等。

一万余册书半年售罄，随即要出第二版。那年暑假，家人到美国度假一个月，我扔了一床棉絮在木地板上，除了出门买过一次菜之外，我关上手机，在地板上足足躺了一个月。每句话在大脑里面晃过，如何用恰当的表达方式把小说意境拉升上去呢？在此期间，我读了大量的西方名著，从中获取了很多营养。我也曾读中国作家的作品，实话说，这些作品给我的帮助很小。在我看来，文学就是创造，模仿不叫文学，甚至，在继承的基础上发展也不叫文学。文学就是你自己拿起镢头，独自开拓一片处女地。

家人回国之后大吃一惊，他们用手在我鼻子边晃了晃，确认是活物之后，马上以医学专家的口吻得出结论：走火入魔。我给家人写了保证书，承诺《假药》再版之后，三年之内不再写长篇小说。但交稿之后的当晚，我又有了新的灵感。趁家人熟睡之后，一个人躲进了书房。我不是不守信用，而是不写不行，否则一定会憋死。我担心体内的素材越积越多，累积的能量太大，身体突然爆炸，把整个地球炸飞了。家人听了也害怕，再也不敢阻止我写作了，因为这关乎人类的命运，关乎星球的命运。

一年多之后，我的另一部长篇小说《一席之地》出版。与《假药》相比，我更看重《一席之地》，但身边很多朋友认为《假药》更好。我说《人生何处不绽放》是我的女儿，《假药》、《一席之地》是我的两个儿子。朋友指责我偏心，溺爱小儿子。我曾多次问家人，两部小说哪部更好。家人被我问得不耐烦："你别再让自己的左手与右手打架了。"

我的作品就是我的生命。每次上飞机之前，我会把最新的版本发给中国人民大学出版社的曹沁颖老师。出门在外，谁能料到祸福？至少，我要把最好的作品呈现给读者。在作品面前，生命是多么的微不足道啊！在历史长河之中，一个人多活几年或少活几年是可以忽略不计的，但作品的好坏却是非常非常重要的。我们不能留下一个有缺陷的作品。有时一个小段落，甚至几十字，前前后后要修改一个星期。

现在，我绝大部分时间都是从事文学创作。我认为其他领域都受到外部环境限制，让一个人很难突破。例如，天文学家受望远镜性能的制约，发明家受材料的制约。世界上，只有一个专业没有天花板，那就是文学。你想写多好就可以写多好，不受任何人、任何因素的制约。没有人能禁锢你的想象力。我知道这只是我的偏见。当一个人真正进入入迷状态时，往往会形成这种偏见，往往这时就是他突破的前夜。

李白、杜甫、苏轼等文学巨匠，生前大抵默默无闻。杜甫在中国诗坛上的地位是几百年之后才确立的。如果当朝就能如雷贯耳，哪会落魄到“八月秋高风怒号，卷我屋上三重茅”的境地呢？文学属于个人行为，文学崇尚孤胆英雄，自己便是自己王国里的国王。如果一个作家入俗了，他的作品绝不可能脱俗。

要远行，注定孤独……常人理解的那种孤独是远远不够的。现代派文学的鼻祖卡夫卡说：“为了写作我需要孤独，不是像一个隐居者的那种孤独，仅仅这样是不够的，而是像一个死人。写作在这个意义上是一种更酣的睡眠，即死亡，正如人们不会也不能够把死人从坟墓中拉出来一样，也不可能在夜里把我从写字台边拉开。”

我学过中医，学过西医，学过管理学，不惑之年陷入文学不能自拔，这才是我来到这个世界上的真正归宿。犹如一个浪子风花雪月放荡了一辈子，始终没找到真爱。老年时突然遇到梦中的她，他不顾一切地爱，搭进老命也无怨无悔。

冥冥之中，我感觉我来到这个世界上就是为文学这点事儿来的。如果没有做好，回去如何向阎王爷交待？

——为文学而生、为文学而逝。

作家的生命就是文坛天国里的一抹朝霞。

图书在版编目（CIP）数据

人生何处不绽放/潘习龙著．—3版．--北京：中国人民大学出版社，2015.10
ISBN 978-7-300-21752-9

Ⅰ.①人… Ⅱ.①潘… Ⅲ.①散文集-中国-当代 Ⅳ.①I267

中国版本图书馆CIP数据核字（2015）第178786号

人生何处不绽放

潘习龙 著

Renshena Hechu Bu Zhanfang

出版发行	中国人民大学出版社		
社　　址	北京中关村大街31号	**邮政编码**	100080
电　　话	010－62511242（总编室）		010－62511770（质管部）
	010－82501766（邮购部）		010－62514148（门市部）
	010－62515195（发行公司）		010－62515275（盗版举报）
网　　址	http：//www.crup.com.cn		
经　　销	新华书店		
印　　刷	天津中印联印务有限公司	**版　　次**	2010年9月第1版
规　　格	148 mm×210 mm　32开本		2015年10月第3版
印　　张	7.5	**印　　次**	2023年3月第2次印刷
字　　数	164 000	**定　　价**	63.00元